오승현 쓰다

꼰대책방

KKONDAE BOOKSTORE

꼰대책방

고잉

CONTENTS

.... 007

미미 019

허접직업 036

이어달리기 059

탑골 083

하늘정원 097

매종 117

1번지 129

MJ ───────────

광장 ——————————————— 144

서로함께 —————————————— 155

지혜 ———————————————— 176

비블리오티카 ————————————— 195

꼰대책방 —————————————— 210

작가의 말 —————————————— 224

도움받은 책들 ————————————— 227

KKONDAE
BOOKSTORE

미미

흐르듯이 살아라.

아버지는 항상 이렇게 말씀하셨지. 훈계 후에, 꿀밤 후에, 그리고 내가 역사연구원 시험에 떨어진 후에도. 물 흐르듯이 살다 보면 물이 흐른 자욱이 굳고 굳어 길이 나고 강이 된다고.

심지언은 아버지가 입버릇처럼 하던 말을 떠올리며 물 흐르듯이 제노빌딩의 복도를 지나고 있다. 입사 동기들 중에 대부분은 먼저 주요 부서에 배치되었고, 지언을 포함한 남은 떨거지 몇 명이 인사팀 회의실에서 이틀을 더 죽치다가 오늘에서야 겨우 기타 부서에 배치되는 날이다. 반보쯤 앞서 걷고 있는 대리라는 직함의 남자는 지언을 힐끗힐끗 쳐다본다.

지언은 사수가 될지도 모르는 부서 선배의 시선에는 아랑곳하지 않고 제노빌딩을 찬찬히 살펴본다. 얼마나 일하게 될지는 모르지만,

이곳과는 그렇게 정이 들 것 같지는 않다.

　서울시 종로구 종로 1가 제노그룹빌딩.

　아버지 살아 계실 적 그곳에는 대한민국에서 가장 큰 서점이 있었다고 했다. 책들이 빼곡한 그곳에 들어서면 부유하는 먼지들조차 책속에서 흘러나온 글자들 같다고 아버지는 말했었다. 아버지는 제노그룹과 같은 대형 서점에서 여정을 시작해 몇 명의 고객을 거쳤을지모를 손때 묻은 헌책들이 도착하는 화요일 아침을 가장 좋아했다. 붉은 노끈을 칼로 끊어 책들에게 숨통을 틔워 주고 마른 헝겊으로 표지를 닦았다. 내지의 상태를 살펴볼 때는 마치 군대를 다녀온 아들의 늠름한 어깨를 찬찬히 쓰다듬듯 부드럽게 매만지곤 했다. 잘 돌아왔구나. 그동안 고생했다.

　하지만 지금 제노빌딩에는 책이 없다. 지언은 사라락거리며 손가락을 스쳐 책장이 넘어가는 그 느낌을 초등학교 이후로 느껴 볼 수 없었다. 이제는 헌책방, 중고 책방조차도 흔치 않다. 구시대의 유물중 박물관에도 입성하지 못하는 유일무이한 유물이 바로 책일 것이다. 유물보다는 오물에 가깝다고 할 정도가 되었으니까. 그 이유는 책을 대신하는 완벽한 대체제가 출현했기 때문이다. 그것의 이름은 미메시스. 속칭 미미라고도 불린다.

　미미는 뇌신경과학의 결정체입니다.

인간이 쌓아온 지혜와 경험을 이제, 미미로 만나 보세요.

제노빌딩의 벽면에 펼쳐진 플래카드에는 매번 문구는 다르지만, 미미에 대한 홍보 내용이 항시 붙어 있다. 제노그룹은 온라인 콘텐츠가 고도화되고, 책을 통해 지식과 교양을 쌓는 독서 인구가 점점 줄어들면서 경영난에 시달리기 시작했다. 2018년 시작된 총판들의 줄도산으로 서적 산업이 사양화되자, 제노그룹은 '지식문화산업'의 명목을 이어가고자 뇌과학에 투자를 하기 시작했다.

미미가 출판 시장을 잠식한 배경에는 스마트폰이 있다. 언제 어디서나 몇 번의 터치만으로 콘텐츠를 불러올 수 있는 스마트폰이 인간의 삶에서 차지하는 책의 비중을 모조리 가져가 버렸다. 영상, 사진, 보이스 레코더가 종이책을 대체했고 2020년대 중반 이후로 독서 인구는 '독불 인구'라 불렸다. 혼자서 다른 길을 가는 독불장군에 비유될 정도로 별종 취급을 당하게 된 것이다.

독서량 전체가 쪼그라들자 글과 책을 파는 시장에 대한 이전의 상식이 통하기 어려워졌고, 제노그룹이 파산할 위기를 틈타 젊은 기업가가 등장했다. 언론은 '세계 최초'라는 타이틀을 연신 떠들어 대며 '대한민국발 지식산업 혁명의 시작'을 알렸다.

시작은, 한 가지 일을 오래 한 사람들의 뇌를 보면 시냅스의 작동이 일정한 체계를 갖추어 뇌에 특정한 지도가 만들어진다는 한 대학

교수의 연구에서부터였다. 제노그룹을 인수한 젊은 기업가는 그 교수 부부의 연구 인력을 통째로 영입해 뇌신경과학 연구소인 '미메시스 연구소'를 설립하였다. 전문가의 대뇌피질에 흐르는 반복적인 전기·화학적 신호 패턴을 읽어 내는 기술을 개발했고, 각 분야에 정통한 전문가들의 뇌 지도를 모방하여 그 패턴을 일반인들에게 심어 주는 '미미'의 상품화를 결국 이뤄 냈다.

스마트폰으로 일회용 지식들을 잠식해 오던 대중들은 환영했다. 많이 보고 많이 들어도 일관된 지식 탐닉은 힘든 법이다. 주구장창 한 가지 분야에서 닳고 닳아야 생길 수 있는 '노하우'는 터치 몇 번으로 되지 않는 법이다.

지언이 입사한 제노그룹은 미미라는 상품을 일반인에게 판매하는, 말하자면 서점과 같은 역할을 하는 곳이다. 서점과 비교하기에는 미미의 가격이 몇 십 배에 달하지만 책에서 얻을 수 있는 지식과 노하우를 미미를 통해 얻는다는 점에서 같은 역할이라고 보는 것이다. 그나마 책이 좀 팔리던 21세기 초 책 판매량의 대부분을 차지하던 분야가 '처세술' 부문이었던 걸 기억한다면, 미미의 가장 큰 장점인 투여 시간 대비 효용과 정확성이 젊은이들에게 완벽하게 먹혀 들어갔다는 점을 이해할 수 있을 것이다.

제노그룹. 아버지가 동경하던 곳이자, 엄밀히 말해 아버지가 동경하던 책이 가장 많던 곳. 지언은 아버지를 경멸하던 자신이 이곳에서 일을 하게 되리라고는 생각하지 못했다. 그는 얼마 전까지도 낮에는 편의점 알바, 밤에는 유통기한 지난 편의점 음식과 전자레인지로 여러 가지 실험을 하는 〈편자먹방〉 유튜버로 시간을 보냈다. 지언의 엄마 표현을 빌자면 "먹는 걸로 장난치는 천벌 받을 한량새끼"였다.

뭐, 처음부터 한량새끼는 아니었거든.

지언은 몇 번 자신의 비전을 엄마에게 털어놓기도 했었다. 갖은 노력에도 빠르게 박제되어 간 '책'의 죽음을 아버지는 막을 수 없었지만, 지언은 할 수 있다고. 보여 주겠노라고. 무조건적인 맹신이 아닌 젊은 생각과 어우러져 더욱 선명해지는 진리의 대변신을 지켜보라고 말이다. 하지만 3년 넘게 운영한 지언의 고전 서평 유튜브 채널 〈꼰대책방〉은 새로움에만 열광하고 낡은 것은 조건 없이 짓밟는 젊은이들, 미미를 환영하고 그 존재를 칭송하는 이들에게 철저히 외면당했다. 구독자는 많지 않았지만 마니아가 꽤 있었는데. 조금 더 했다면 어땠으려나. 지언은 미미의 우수성을 알리는 슬로건과 로비 벽면에 진열된 미미의 히트 상품 라인을 바라보며 쓸쓸히 사라져 간 그의 채널을 떠올렸다.

지언이 제노그룹에 입사하겠다고 결심하던 날.

편의점에 한 남자가 들어와 라면을 먹었다. 처음에 지언은 그를 주목하지 않았다. 바람에 흐트러진 머리는 살짝 까진 이마를 드러냈고, 아침엔 단단히 조였을 넥타이가 느슨히 풀어진, 여느 중년 아저씨의 모습과 같았기 때문이다. 하지만 라면을 다 먹고 꺼억 트림을 한 후 라면 컵을 쓰레기통에 넣으며 지언에게 던진 한마디에 지언은 눈을 동그랗게 뜨고 그 남자를 쳐다볼 수밖에 없었다.

"여기서 먹다 버린 쓰레기나 정리하느니, 쓰레기 같은 서평이라도 계속 쓰는 게 낫지 않나?"

그가 머물던 테이블 위에 놓였던 구깃해진 종이 한 장은 바로 이곳, 제노그룹의 채용공고였다.

"이 자리입니다. 여기서 잠시만 앉아 계세요."

곱슬머리 대리의 손이 가리킨 곳에는 빈 책상 위에 노트북 하나와 작은 꽃 한 송이가 놓여 있었다. 아직 봉오리를 틔우지 못해 가녀린 듯 단단해 보이는 빨간색 장미꽃이었다. "환영합니다"라는 식상한 인사말보다 지언의 눈에 더 뜨인 것은 그 아래 '긴급대응서비스 팀'이라는 이름이었다.

긴급대응서비스 팀? 보험 회사도 아니고, 파출소도 아니고, 뇌신경과학의 결정체인 미미를 판매하는 회사에서 긴급대응서비스? 지언은 취업 준비 기간에도 신입사원 오리엔테이션 때도 전혀 들어보지 못한 팀 이름에 잠시 어리둥절해 있었다. 그때 곱슬머리 대리가 친절하게 궁금증을 해소해 주었다.

"이 팀은 미미 사용에 문제가 생겼을 때, 어떤 문제인지를 확인하고 해결해 주는 부서입니다."

아! 이 꽃은 환영의 꽃이 아니라 묘지 앞에 놓아둔 추모 꽃이군. 지언은 긴급대응서비스가 불미스러운 일을 뒷수습하는 사고처리반임을 직감했다. 동기들 다 받쳐 주고 커트라인 끊은 꼴찌 신입이니, 어디든 불러만 주면 감사합니다 해야겠지만 그래도 이 팀은….

그때 지언의 어깨에 툭 하고 둔탁한 느낌이 들었다. 뒤를 돌아보니 익숙한 얼굴이었다.

"잘 왔어. 심지언. 쓰레기 분리수거 잘 하는 놈. 맞지?"

역시, 나의 이상형이시군. 긴급대응서비스 팀장 명함 위에 쓰인 '최대번'이라는 이름처럼 지언은 대번에 그를 알아보았다. 덕분에 이런 좋은 기회를 만날 수 있었습니다, 하고 90도 인사라도 하길 기대한 걸까. 그의 입가에 회심의 미소는 한동안 가시지 않았다.

하긴 이 사람이 불씨가 된 것은 맞지. 하지만 당신으로 인해 이 한 몸 바칠 위대한 기업을 발견하게 되었다거나, 당신과 함께라면 어떤 일이라도 열정을 다할 수 있겠다거나 하는 취준생들의 뻔한 수식어구를 나에게서 들을 수는 없을 거야. 당신은 그야말로 딱, 꼰대를 박제해 놓은 모습 그 자체거든.

이상적인 꼰대 새끼. 지언은 속으로 생각하면서 양손으로 최 팀장의 오른손을 꼭 잡아 쥐고 그 손이 허옇게 눌려 자신의 손아귀를 탈출할 때까지 흔들어 주었다. 이 정도 서비스는 해 줘야 긴급대응서비스 팀의 신참이라 할 수 있겠지.

"아마도 심지언 씨는 최 팀장과 한 조가 되어서 현장 업무를 할 것 같아요. 신규 프로젝트 어쩌고 하시는 것 같던데, 그게 뭔지 아무도 몰라요. 하긴 그분 속을 누가 알아. 알고 싶지도 않고. 과장님들과 저는 기존 업무가 많아서요."

긴급대응서비스 팀은 모두 다섯 명이었다. 최대번 팀장, 그리고 과장이 두 명, 내 업무에 꽤나 명쾌한 설명을 해 준 곱슬머리 대리, 그리고 신참인 나를 포함한 숫자이다. 모두와 간단하게 인사를 한 뒤 지언은 자리에 앉았다. 습관적으로 노트북을 켰지만, 신입사원에게 어울리지 않는 구식 노트북이라는 건 처음부터 눈치챌 수 있었다. 나중에 곱 대리에게 진상 조사를 해 본 결과, 최 팀장이 쓰던 노트북인데 신입사원용으로 신청한 새 노트북을 가져가고 자기가 쓰던 것을 이 책상 위에 슬쩍 놓더라는 것이다.

바탕화면에 파일들이 가득했다. 이런 쓰레기쉑! 편의점에 주기적으로 찾아와 쓰레기 분리수거의 필요성과 전문성에 대해 역설을 했던 이유가 바로 이거야? 나의 첫 번째 임무는 쓰레기 청소라는 걸 암시라도 하듯이, 최 팀장은 빨던 헛개즙 봉지를 구겨 쓰레기통에 던져 넣으며 말했다.

"특별히 하사한 자료들이니까 유용하게 쓰도록."

지언은 꼰대만 보면 살아 있음을 느낀다. 자신들이 살아온 세월만이 정답이라고 생각하는 족속들을 쪽 주기 위해 태어났다고 스스로의 존재 이유를 규정해 왔다. 그들은 똑같은 인간으로 태어났지만 나이라는 신성한 독약을 쳐 잡수시며 꼰대로 늙어 죽는다. 주로 아버지라는 사회적 이름을 단 족속이 그 구성원이다. 그가 아는 최악의 꼰대도 바로 그 이름을 달고 지언의 인생에 끼어들었다. 아버지.

〈꼰대책방〉을 운영하게 된 계기도 바로 그것이었다. 인간의 역사와 함께 차곡차곡 쌓인 꼰대의 생각들. 그런 고루한 생각들이 단지 오랜 시간을 버텼다는 이유로 상식이 되고, 법칙이 되고, 결국엔 지혜라 칭송받는 이상한 논리. 어른들이 그렇다면 그런 거야. 다 겪어 봤어. 그러니까 이게 맞아. 아버지도 항상 이런 논리였지. 아버지는 본인의 짧은 경험과 미천한 생각을 항상 '책'으로 마감질했다. 그 안에 담긴 모든 문장들은 오래 살아남았기 때문에 꼭 믿어야 한다는 신념. 그 신념이 매번 아들과 부딪히는 이유가 되었다.

아버지는 언제나 책을 읽었다. 하지만 아버지가 책을 읽는 곳은 사무실도 아니고, 연구실도 아니고, 서재도 아니었다. 명의는 아버지이나 실질적인 허드렛일은 모두 엄마가 하는 가족의 유일한 수입원, '천국헌책방'이었다. 아버지는 아무것도 하지 않고 책을 읽고 또 책을 읽었다. 책을 읽고 코를 골며 자다가 책을 읽고 라면을 먹었다. 그야말로 아버지만의 천국이었다.

아버지는 책을 읽다가 좋은 구절이 있으면 밑줄을 친 후 페이지의 모서리를 세모지게 접었다. 그리고 그의 아들이 마음에 들지 않는 행동을 보였을 때 그 페이지를 펼쳐 큰 소리로 읽었다. "피가 되고 살이 되는 얘기니까 잘 들어라."

나이가 들어도 곱게 늙는 어른이 있기는 하다. 바로 어머니라는 이름을 단 무리들이다. 주로 모성애를 가장한 희생을 강요당하며 비급여의 잔업으로 평생을 바친 무리들. 심지언은 엄마와 통화를 할 때마다 눅눅해진 책들을 베고 쪽잠을 자던 그녀의 정수리 냄새를 떠올렸다. 지언에게 책은 아버지의 라면이자, 엄마의 정수리 냄새였다. 책이 인생을 먼저 겪은 어른들의 지혜로운 경험이 담긴 명문들의 전시장이라고? 아버지가 매일 라면과 함께 섭취한 선인의 지혜와 혜안은 엄마의 노력으로 이룬 책방의 먼지보다 못하다.

지언이 운영했던 〈꼰대책방〉은 이런 아버지에 대한 빽큐이자 엄마에 대한 오마쥬였다. 피가 되고 살이 되는 얘기? 조까라마이싱!

미메시스 연구의 기반이 된 신경가소성이라는 개념이 뼛속까지 문과인 지언에게는 쉽지 않았다. 팀에 배정되기 전, 신입사원 연수에서 교육을 받았지만 "누군가의 머릿속에서 뭘 빼내서 그걸 상품화해 필요한 사람에게 넣어 준다"는 지극히 단순한 도식밖에 그려지지 않았다.

신경가소성이 무엇일까요? 우리의 뇌는 경험에 대한 반응으로 자기의 뇌를 스스로 재설계할 수 있는 능력을 진화시켜 왔습니다(신경과학자 카를라 샤츠의 1992년 논문에서 인용함-저자 주). 어떤 행위의 과정을, 혹은 어떤 판단의 상황을 정기적으로 반복하다 보면 뇌의 구조가 바뀌고,

뇌의 구조가 바뀌면 그 사람의 능력치가 달라집니다. 능력치뿐인가요. 사람의 의식—예를 들어 자존감—도 바뀔 수 있습니다. 아무리 썰렁한 사람도 얼마 전 회고록을 낸 유재석 옹의 미미를 이식하면 뇌 신경회로가 농담을 잘하는 쪽으로 변화하고 그러면 말할 때마다 빵빵 터뜨릴 수 있겠죠.

이러한 신경가소성을 바탕으로 미미는, 대뇌피질 뉴런 사이의 연결을 수정하고, 뇌의 전략팀장격인 전두엽을 단련시킵니다. 전두엽을 통해 측두엽, 후두엽, 두정엽을 떡 주무르듯이 진두지휘하죠. 그렇게 인간의 능력치는 배가 됩니다.

이게 도대체 뭔 소린지. 지언은 교육이 끝난 후 동기들에게 여러 차례 물어봤지만 핀잔만 들었을 뿐이었다. 그나마 친절한 친구는 "시험 기간에 1등 친구의 족보를 얻는 것"이라고도 했지만… 그게 어떻게 가능한지 상상이 되지 않았던 것이다.

점심시간이 되자 최 팀장은 신입사원에게 크게 한 턱 쏘겠다고 큰소리를 치더니 다른 직원들의 눈살 속에서 당당히 지언만 데리고 나왔다. 설렁탕의 허연 국물 같은 어색함을 견디기 위해 지언은 미미에 대해 물었고, 최 팀장은 입에 다 욱여넣지 못한 당면을 타액과 함께 다시 설렁탕 속에 빠뜨리며 입을 열었다.

"한마디로 말이야… 굳은살이야, 굳은살."

최 팀장은 자신의 구두를 손으로 가리켰다. 허름한 양복, 꼬질꼬질

한 셔츠와 어울리지 않게 그의 구두는 깨끗하고 세련됐다.

"장인들 손을 본 적 있나? 나는 수제 구두를 즐겨 신는다네. 하지만 수제 구두가 너무 비싸서 구두 장인이 직접 만드는 공장에 가서 하자품을 싼값에 사오곤 하는데 말이야…. 그때마다 그분들의 손을 보고 놀란다네."

이런 '나?', '네'로 어미를 마무리하는 전형적인 꼰대 말투. 신경을 거슬리게 하면서도 어딘가 설레는 구석이 있다.

"굳은살이 엄청나지. 살이라고 할 수 없을 정도로 시커멓고 단단해. 미미는 말이야… 그분들의 굳은살을 예쁘게 도려내. 최대한 예쁘게. 상품화를 해야 하니까. 그래서 그 굳은살을 가져다가 아직 한 번도 구두를 만져 본 적 없는 신참에게 붙여 주는 거라네."

최 팀장의 설명은 생각보다 명쾌했다. 하지만 그의 설명이 그려내는 이미지를 떠올리며 지언은 손가락이 아려오는 느낌에 수저를 잠시 탕에 내려놓았다. 굳은살이 잘려 나간 후 장인의 손에 허옇게 드러난 속살은 얼마나 아릴까? 공기가 닿자마자 쓰라림이 시작될 것이다.

그래도 반창고는 붙여 주겠지…. 지언은 궁금증이 올라왔지만 최 팀장에게 묻지는 않았다. 테이블 아래로 왠지 아린 손가락을 만지작거릴 뿐이었다.

∥∥ 허겁직업

팀 배정을 받은 지 2주가 지났지만, 지언이 하는 일은 없었다. 회사원이 됐구나 하고 느끼는 순간은 다른 팀에서 하는 각종 행사에 지원을 나갈 때와 미미의 얼굴 격인 장도섭 대표가 출연하는 전사 조회 실시간 동영상을 볼 때 정도였다. 장도섭 대표는 출판 산업이 무너진 2020년대, 미메시스 연구로 막대한 투자를 받아 내어 제노그룹을 성공적으로 인수한 혜성과도 같은 존재였다. 그동안 쌓은 경력을 버리고 아예 새로운 일을 배워야 했지만 직원들은 장 대표 덕분에 직장을 잃지 않고 유지할 수 있었다고 생각했다. 게다가 초창기 멤버에게는 무상으로 '자동차 영업왕'의 미미와 '강의 1000번 달성한 달변가'의 미미를 이식해 주었다고 한다. 물론 적도 있었다. 그는 신임 대표 취임사에서 "사람은 책을 만들고, 책은 사람을 만든다"는 제노그룹 창업주의 명언을 "우리는 미메시스를 만들고, 미메시스는 사람을 만든다"고 바꿔 말해 기업 정신을 훼손시켰다는 비난을 받았지만 그런 비난을 한 직원들을 모두 퇴직시켜 자신의 입지를 공고히 했다.

중후한 기품이 흐르는 장도섭 대표를 감상하고 남은 시간에는 최 팀장이 버린 노트북을 배회하는 일을 했다. 물론 포맷을 하면 간단했지만 달리 할 일이 없었다. 일도 없이 푸른 모니터만 뚫어지게 바라보는 것보다야, 뭐라도 열어 보는 게 낫겠다 싶었던 것이다.

버리고 버려도 계속 나오는 문서들. 대부분은 미미의 개발 초기 파일들이었다. "신경가소성을 기반으로 1990년대 리처드 도킨스가 주장한 '밈'이 실제로 뇌 안에 존재한다는 것을 증명한 것은, 뇌과학 역사의 혁명적인 사건"이라는 칭송 기사들. 지언에게는 그저 유치원생의 크레파스 놀이처럼 보이는 형형색색의 자기공명영상 사진과 논문들. 최 팀장이 저래 보여도 공부는 꽤나 열심히 한 모양이었다. 그리고 현 정부의 노인 정책에 관한 기사와 공공 자료들도 보였다. 노후 대책을 준비 중인 건가? 보건복지부의 노인 정책이나 치매 요양 관련 보도자료는 최신 것까지 한 폴더 내에 차곡차곡 정리되어 있었다.

기사 자료를 보던 중 지언의 눈에 띄는 얼굴이 있었다. 밈을 처음 발견하고, 상품화의 길을 열어 준 대한민국의 박사 부부에 대한 기사였다. 국내 최고의 대학에서 교수로 재직하면서 아들을 위해 밈의 뇌신경지도를 완성했다는 천재 부부 사이에 도진 선배가 있었다.

"참나… 이렇게 좋은 유전자를 물려받고서는, 뭐 하러 그렇게 발을 동동 굴렀대."

선후배라는 평범하고 가벼운 인연의 끈이 곧 굵은 밧줄로 이어지리라고, 그때 지언은 생각지 못했다.

지언과 마찬가지로 최 팀장도 하는 일이 없었다. 출근하자마자 일단 슬리퍼로 갈아 신고 사무실을 어슬렁거린다. 잠시 후 그의 슬리퍼 소리는 타 팀으로 향하는 복도 쪽에서 들려온다. 지언의 팀은 조직도 내에서도 외따로 떨어진 별개의 팀인데, 이와 마찬가지로 사무실 위치도 주요 부서와 멀리 떨어져 있었다. 그런데 최 팀장은 하필 주요 부서 중에서도 가장 멀고 먼 상품개발 팀에 자주 어슬렁거리곤 했다.

"심지언 씨, 그냥 못 본 척해. 향수병이야, 향수병. 장도섭 대표 오기 전, 그러니까 제노그룹이 책 팔던 시절에 MD 팀 총괄 맡고 있었잖아. 그 시절엔 최 팀장 엄청 잘나갔었거든. 쯧쯧. 지금은 똥 됐지만. 핵심 부서에서 자존감 수혈받고 오는 모양이니, 그냥 냅둬."

며칠 전 신입 동기들끼리 모였을 때도 입사 성적 톱이었던 동기 녀석 하나가 취기가 바짝 올라 이런 말을 했었다.

"미메시스 폭풍이 불어 닥칠 때 제일 먼저 잘릴 사람이 최 팀장이었대. 화장실 옆에 책상을 치워 놨는데, 매일 출근해서 거기서 책을 읽었다잖아. 그래서 어쩔 수 없이 팀을 만들어 준 게 그 팀이래. 그래서 별'똥'부대라지? 너네 팀 말야."

지언은 굳이 최 팀장을 편들고 싶지는 않았다. 다만 지언은 인간을 성장시키는 위대한 자연법칙 중 의식주와 더불어 배변 활동의 소중함도 굳게 믿는 사람이었다. 그날 지언의 주먹은 허공을 갈랐고, 그날 이후로 어떤 동기도 지언에게 연락을 하지 않았다.

며칠 후 드디어 지언은 첫 번째 일을 하게 되었다. 그가 사무실로 들어서자마자 최 팀장이 옷걸이에 걸린 감색 양복 재킷을 잡아채며 말했다.

"어이, 심지언! 출동이야. 저기 캐비닛에서 장비 챙겨서 아래로 내려와."

출동? 장비? 캐비닛을 열자, 거기에는 방독면, 방탄복, 전기 충격기 등이 두세 개씩 정렬되어 있었다. 경찰들이나 지녀야 할 이런 물건들이 왜 여기 있는 거지? 지언은 곱 대리에게 물어보고 싶었으나, 나머지 세 명의 팀원들은 모두 회의실에 들어가 있었다. 하긴 자리에 있었어도 모른 척했을지도. 지언은 옆에 걸린 검은색 큰 배낭에 이런저런 장비들을 쑤셔 넣었다. 출동이라. 한때 액션 블록버스터에 미쳤던 전력이 여기서 발휘되는 건가.

"자, 우린 긴급대응이 필요한 현장으로 출발할 예정이다. 심지언, 간략하게 상황에 대해 설명하자면…."

현장으로 가는 차 안에서 최 팀장은 사건에 대해 읊어 주었다. 그런데 낯익은 단어들이 최 팀장의 입에서 튀어나왔다.

"뭐라고요? 허겁직업? 취업동아리 말씀하시는 건가요?"

"응. 맞아. 허겁직업. 그 동아리의 전 회장이라는데? 1년 전에 변호사가 되겠다고 미미 3.0을 이식받았는데, 지금 자기 아버지를 죽이겠다고 대치 중이란다."

허겁직업은 지언이 역사연구원 시험에 떨어지고 유튜브로 시간을 보내던 한량 시절, 엄마를 걱정시키지 않기 위해 들었던 꽤 명성 있는 취업 동아리였다. 지언은 한두 번 모임에 나갔었지만, 유난히 지언을 미워했던 한 선배와의 불화로 탈퇴했었다. 아, 며칠 전 기사에서 만났었지, 도진 선배. 잠깐 머물긴 했지만 그 당시 지언이 보기에 그곳은 같이 모여 취업을 준비하는 곳이 아니라, 경쟁자를 분석하기 위한 모임이었다.

사건의 개요는 이랬다. 변호사의 꿈을 가진 서른세 살의 허겁직업 동아리 회장 김근형은 1년 전 미미 3.0을 이식받았다. 가장 고가의 직업군에, 그중에서도 최상위 버전의 상품을 구매했으니 그는 분명 VIP 고객 리스트에 있었을 것이다. 반년 후 그는 변호사 자격 시험을 우수한 성적으로 통과하여 손꼽히는 로펌에 입사했다. 하지만 그로부터 또 반년 후 그러니까 지난달, 자신의 아버지를 성폭행범으로 신고했다. 그리고 현재, 그들이 달려가고 있는 그곳에서 김근형은 아버지에게 칼을 휘두르며 죽이겠다는 위협까지 하고 있다.

"아마도 김근형은 아버지와 사이가 좋지 않았던 것 같아. 하지만 김근형의 아버지는 성폭행범은 아니었어. 아내를 때려서 한 번, 이웃과 소란을 일으켜서 한 번. 두 번 신고된 것이 조회되긴 하지만 그것도 훈방조치 되었던 해프닝 정도지."

"그런데 갑자기 성폭행범이라니요?"

"그래. 성폭행범에 대한 기억이 기버(giver)에게서 이식된 거다."

"기버요? 아아… 밈의 원 주인 말하는 거죠?"

"그래, 교육 잘 들었구면. 근데 신입 교육 때 미미의 부작용에 대해선 얘기 안 해 줬나?"

"네, 전혀요."

최 팀장은 한쪽 입 꼬리를 길게 늘이며, 쓰읍 하는 소리를 냈다.

"음, 부작용에 대해선 나중에 자세히 얘기해 주긴 할거야. 심지언 씨가 알아야 하는 일이기도 하고."

잠시 침묵을 지키던 최 팀장은 다시 사건 설명을 이어갔다.

"김근형이 구입한 미미의 원 뇌 주인, 아마 유능한 변호사였겠지. 그 변호사가 맡았던 사건 중에 이와 유사한 사건이 있었다고 하는군. 어린 여동생을 오랜 기간 성폭행했던 아버지, 그 아버지에게 매맞는 것이 두려워 눈 감고 귀 막으며 어린 시절을 버텨낸 오빠가 성인이 된 후 아버지를 고소했어. 승소했지만, 그 분노를 누르지 못하고 구속 직전에 결국 살해하고 말았고. 아마 김근형에게 그 기억이 딸려 들어가서 본인의 아버지에 대한 원망과 결합된 것 같다."

18평 남짓 되는 김근형의 임대 아파트. 아파트 앞엔 경찰차들이 두세 대 도착해 있었다. 엘리베이터도 없는 낡은 계단을 올라 현장에 도착하니 문 밖으로 김근형의 발악이 흘러나오고 있었다.

"최 팀장님… 우리도 들어가요?"

보호 장비들은 갖췄지만 용기는 갖추지 못한 지언이 문 앞에서 머뭇거리자 최 팀장이 큰 소리를 냈다.

"자식. 이게 네 일이야. 가, 어서!"

문이 열렸다. 완벽한 대치 상황. 영화에서나 보던 장면이 눈앞에 펼쳐졌다. 아버지를 뒤에서 붙들고 목에 칼을 들이댄 김근형과 그를 둘러싼 무장 경찰 대여섯 명. 극도로 위험한 상황이다. 조금만 자극해도 바로 칼을 꽂을 듯 김근형은 위태로워 보였다. 눈을 붉게 물들인 분노가 실핏줄을 다 터뜨린 후 강렬한 눈빛으로 뿜어져 나왔다.

우두머리로 보이는 경찰 하나가 최 팀장에게 눈짓하자, 최 팀장이 전면에 나섰다.

"김근형 씨, 당신은 지금 미미의 작용으로 기억에 혼선이 왔습니다. 당신이 기억하는 과거는 당신의 과거가 아닙니다."

최 팀장은 차분한 목소리로 김근형을 설득해 나갔다.

"당신 아버지는 성폭행범이 아닙니다. 당신이 받은 미미의 기버가 겪은 사건입니다."

김근형의 아버지는 최 팀장의 말에 안도하는 듯 하더니 눈물을 터뜨렸다. 하지만 김근형은 믿지 않았다.

"무슨 개소리야! 이 새끼라고, 이 새끼가 분명히 근희를! 근희를 덮쳤다고! 말해 봐! 사실이잖아! 당신이 한 짓이잖아!"

"무슨 말이냐, 근형아. 내가 근희에게 그런 짓을 할 리가 없잖니."

눈물에 목이 막혀 그랬는지, 아들에게 목이 졸려 그랬는지 아버지는 말을 잇지 못했다.

"근희에게 한 짓, 내가 다 알아. 내가 다 들었다고. 근희를… 그냥… 괴롭히는 것으로도 부족해서 근희가 그렇게 아끼는 플루트로… 플루트로 장난을 쳐? 이런 짐승만도 못한 새끼야! 그게 아버지가 할 짓이냐고! 이 개새끼야!"

김근형도 말을 다 끝맺지 못한 채 목이 메었다. 플루트로 한 몹쓸 짓이 무엇이었을지 그곳에 있는 모두가 짐작할 수 있었다.

"무슨 소리냐, 근형아. 근희는 플루트를 배운 적이 없어. 근희에게 플루트가 있을 리 없잖아! 정신 차려라, 제발… 제발!"

김근형의 동생이 플루트를 배운 적 없었다면, 그 플루트의 주인은 기버의 기억 속 성폭행당한 여동생이 분명하다. 아버지의 그 말에 김근형의 기억이 다시 섞여 들어가는 모양이었다. 주춤주춤하다가 칼을 쥔 손이 흔들렸다. 이때다!

지언은 날렵하게 뛰어 들어가 김근형을 뒤에서 제압했다. 김근형은 힘이 빠져 버렸는지, 혹은 제정신이 돌아온 것인지 쉽게 제압되었다. 김근형을 바닥에 눕히고, 경찰들의 도움을 받아 손을 뒤로 묶었다. 눈물범벅이 된 김근형을 보며 지언은 섬뜩함을 느꼈다.

기억이란 이렇게 사람을 한순간에 바꿔 놓을 수 있는 것이다.

삐뚤어진 탁자와 흐트러진 카펫. 아직 흥분이 가라앉지 않아 김근형을 묶어 둔 의자가 그와 함께 들썩거렸다. 여전히 핏기 서린 눈빛에 눈물은 말라갔다.

"미안하다고 해…. 우리한테 그 말만 해. 미안해라고… 그 말만…."

김근형의 고개는 끊임없이 흔들렸다. 기억을 털어내는 것일까. 툭 떨군 눈물들이 날 선 양복 바지를 물들였다. 그가 웅얼거리는 말들이 배경음악처럼 현장을 울렸다. 그 소리는 김근형의 아버지가 앉아 있는 침대 귀퉁이까지 닿았을 것이다. 그는 아들 쪽을 바라보고 앉았지만, 아들을 보고 있진 않았다. 격렬했던 지난 순간이 무색할 정도로 담담한 표정과 눈빛, 후회일까 혹은 무지일까? 이 순간 자신의 과거를 반추해 보았다면 후회의 눈빛일 것이다. 어쩌면 본인이 아들의 깊은 심연에 어떤 경험과 어떤 감정을 물려주었는지 깨닫는 기회가 될 수도 있을 것이다. 그렇지 않다면, 아마 이 상황의 모든 원인을 미미로 귀결시키겠지. 하지만 분명한 것은, 남의 기억이 심어졌다고 해도 아버지에 대한 묵은 감정이 없었다면 이렇게 터질 수 있었을까? 분명한 것은 아버지를 미워하고 원망했던 어린 김근형의 감정이 발화점이라는 것이다.

그런데 뜻밖에도 이후의 현장은 지언이 아는 사건 종료 상황과는 다르게 흘러갔다. 경찰들은 피의자인 김근형은 그대로 놔두고 피해

자인 김근형의 아버지만 데리고 현장을 떠났다. 남은 몇몇은 농담 따먹기를 하거나 담배를 주고받으며 그들 쪽을 주시하고 있었다. 왜 김근형은 연행하지 않지?

경찰들보다 더 이상한 건 최 팀장이었다. 최 팀장은 그가 항상 가지고 다니는 네모반듯한 샘소나이트 가방을 김근형 앞에 놓고 가방 문을 열었다. 철컥 소리와 함께 꺼내 든 것은, 검고 단단한 총처럼 생긴… 아니 진짜 총이었다!

"최 팀장님! 뭐 하세요! 이러지 마세요!"

지언이 놀라서 달려들며 최 팀장을 말리려는데, 멀찍이 서 있던 경찰들이 다가와 김근형의 머리를 잡았다. 잡히지 않으려고 몸을 마구 흔드는 김근형의 고개를 억지로 숙이게 하자 목 뒤에, 그러니까 목과 두개골의 경계 부분에 볼록한 자국이 드러났다. 미미를 이식할 때 사용했던 이식 통로 입구이다.

"경관님들, 지금 뭐 하시는 거에요?"

경찰들은 미동도 없다.

"팀장님, 이러시면 안 돼요. 팀장님 가족도 생각하셔야지요! 부작용이면 치료를 해야지 이게 뭐 하는 짓이에요?"

지언의 외침은 아무 응답도 없는 메아리로 18평 아파트를 울렸다. 최 팀장은 익숙한 손놀림으로 검은 단총을 조작했다. 그것은 총보다는 총구 부분이 더 좁아 마치 총알 대신 주사기를 박아 놓은 모양이었다. 최 팀장은 총구를 미미 이식 통로 입구에 겨누었다.

"어어어아악!"

발버둥을 치는 김근형과 그만하라고 외치는 지언 외에 거기 모인 서너 명의 공무원들은 그 상황을 그냥 지켜보거나 최 팀장을 지원하고 있었다.

탁!

총구의 끝부분이 순식간에 사라졌지만 생각보다 총알이 발사되는 소리는 앙증맞았다. 김근형은 힘없이 스르르 쓰러졌다. 탄이 이마에서 튀어 나오거나 유혈이 낭자하지도 않았다. 그의 표정은 오히려 아기가 된 듯 편안해 보였다.

"자게 내버려 둬. 미미 제거제야. 깨고 나면 다 잊게 될 거야."

최 팀장은 손짓으로 김근형을 소파에 눕히라고 한 뒤, 지언의 귀 가까이에서 작게 속삭였다.

"우린 또 할 게 있어."

빠르게 지나간 그 말 뒤, 최 팀장은 큰 소리로 "경관님들 배웅해 드려라!"고 외쳤다. 무슨 사연 혹은 어떤 작전이 있을 것임을 지언은 직감했다. 아무것도 모르고 있지만 왠지 지금은 최 팀장이 시키는 대로 따를 수밖에 없었다. 꼰대 새끼, 내가 지금은 뭘 몰라서 이러는 거지. 상황 파악만 제대로 돼 봐. 그땐…!

문을 나서던 경찰들 중 상급 직책으로 보이는 하나가 뒤돌아서서 투덜대듯 말했다.

"언제까지 이럴 거야? 상부에서 시키니까 하지만, 영 께름칙해."

최 팀장은 짧은 거수경례로 알아들었다는 표시를 했지만 문이 닫
히자마자 경찰들이 나간 문을 향해 가운뎃손가락을 꼿꼿이 세웠다.

"그럼 뒷돈 안 받아도 된다는 거야 뭐야. 총 든 쓰레기들은 어디
버려야 되냐. 일이나 하자. 이제 진짜 우리 일이다."

최 팀장은 침을 꿀꺽 삼키고 주위를 둘러보았다. 경찰도 보내고
아무도 없는 걸 알면서도 경계하는 모습을 보인다는 건 그도 긴장하
고 있는 것이다. 미미도 제거했다면서 도대체 뭘 하려는 거지.

최 팀장의 행동은 더 민첩해졌다. 잠든 김근형의 입을 벌린 후 지
언에게 잡게 하고는 가방 안쪽에서 길쭉한 물체를 꺼내 그의 입 속
에 집어넣었다. 언뜻 주삿바늘처럼 보였지만 자세히 보니 얇은 관이
었다. 그 관은 김근형의 입천장 뒤쪽에 있는 말랑말랑하고 붉은 살
에 깊이 박혔다. 지언은 침을 꿀꺽 삼켰다. 왠지 목구멍이 따가웠다.

잠시 후 검붉고 말캉한 젤리처럼 생긴 것이 긴 관을 통해 올라왔
다. 1밀리미터가 될까 말까 한 검은 알갱이가 주사 끝에 있는 동그
란 은색 캡슐에 쏙 하고 들어가 딸깍 하고 잠겼다.

"이게 뭐에요, 팀장님?"

김근형은 아픔을 느끼지도 않는지 미동도 없었다. 주사관 길이로
감안했을 때 뇌 속까지 들어간 것 같은데.

"흑질의 일부를 떼어 낸 거야. 중뇌의 한 부분이고, 도파민을 생성
하는 세포가 있는 곳."

"중뇌요? 뇌…라고요?"

"그래, 중뇌. 넌 말해도 몰라. 그냥 외워."

지언은 김근형의 머리 뒤쪽을 만져 보았다. 거기엔 평범한 미미의 흔적만 있을 뿐이었다.

"근데… 그건 왜요…?"

최 팀장은 흑질이 쏙 들어간 캡슐만 따로 떼어 가방이 아닌 양복 안주머니에 넣었다. 나중에, 하고 중얼거린 것 같기도 하고 아닌 것 같기도 했다. 최 팀장의 표정에는 어울리지 않은 비장함이 비쳤다. 그에게 이런 면도 있구나. 어쩌면 실속 있는 꼰대일 수도 있겠다는 생각이 들었다.

김근형을 침대 방으로 옮겨 이불을 덮어 주자 최 팀장은 그의 옆에 '미미 계약 철회 안내서' 서류를 놓아 두고 회사용 패드에 그의 지문을 찍었다. 안내서 앞에는 지언의 명함이 스테이플러로 찍혀 있었다.

"심지언, 후속 작업은 네 몫이야. 김근형이 잠에서 깨어나면 너한테 연락을 할 거야. 그럼 만나. 만나서 자세히 설명해 줘. 궁금한 게 다 해소될 때까지 충분히. 그리고 진심으로 사과해. 미미를 만난 것을 후회할 때까지."

지언은 최 팀장이 안내서 아래에 책 한 권도 같이 놓았다는 것을 눈치챘다. 제목은 『유년의 초상화와 이별하는 법』이었다.

지언은 차에 올라탔다. 앞부분 잘라먹고 대뜸 총질부터 들어가는 불편한 영화를 본 기분이면서도 그 감정 속에 뭔지 모를 기대감 역시 섞여 있었다. 최 팀장에게 듣고 싶은 것이 많았지만, 왠지 기다릴 수 있을 것 같았다.

"심지언, 너 그 동아리 안다고 했지? 김근형이 있었다는."

정적을 깬 건 최 팀장이었다.

"근데 왜 허겁직업이야? 허겁지겁 직업을 구한다는 건가?"

"네. 그런 의미죠. 우리 또래 인생 목표가 남보다 빨리 취직하는 거니까요."

"그래? 음. 취업이 20대의 최대 목표인 건 우리 때나 지금이나 변하지 않았군."

"네. 그렇죠."

그렇게 대답은 했지만 실상은 그렇지 않다. 지금 청년들의 인생 목표는 아버지 연배와는 달라졌다. 1990년대에 태어난 아버지 세대에서는 취업이 되지 않아, 30세 이후에 첫 직장을 잡았다고 했다. 그만큼 취업의 관문은 높았고, 직업인의 자격을 얻기 위해 오랜 훈련의 시간을 거쳐야 했다. 출발이 늦은 만큼, 다음 관문인 결혼도 늦었다. 결혼이 늦다 보니 그 뒤의 인생이 모두 늦춰졌다.

늦춰진 인생의 쓴맛은 그들이 늙어 죽을 때까지 계속된다. 부모들은 환갑이 될 때까지 자식들을 뒷바라지해야 하지만, 자식들은 아무것도 물려주지 못하고 늙어가는 부모를 돌볼 생각은 하지 못한다. 자식들 잘 살아라 격려하며 독립시키고 나면, 부모들은 그제야 남은 노후를 위해 돈을 모을 수 있다. 그렇게 모은 돈으로 하루 두 끼 겨우 챙기며 그렇게, 남은 평생을 뼈 빠지게 일만 하다 늙어 죽어간다.

이런 부모님들 밑에서 자란 청년들은 어떤 목표를 가졌을까? 이들에게 목표는 단순명료하다. 아버지보다 더 빨리 가자. 어머니보다 조금만 앞서가자. 인생의 가속도를 높여서 아버지보다 어머니보다 더 빨리 장애물들을 넘어서자! 그러면 더 빨리 안정권에 도달할 수 있을 것이다!

2030년 초반에 등장한 미미를 필두로 제노그룹과 이를 모방한 아류, 그리고 삼류 기업들은 이러한 청년들의 심경 변화에 불을 지피며 크게 성장했다. 미미라는 상품에 깔린 철학은 무엇일까? 그들은 무엇 때문에 미미에 열광한 것일까?

심지언은 〈꼰대책방〉에서 자신이 소개했던 책 하나를 떠올렸다. 『밈의 심정』이라는 감성적인 책 제목처럼 작가는 여성이었던 것 같다. 하지만 그 책 이전에도 없었던 그 작가는 그 책 이후에 유령처럼 사라져 버렸다. 마찬가지로 『밈의 심정』도 모든 콘텐츠 시장에서 사라졌다. 온라인과 오프라인 어디에서도 그 책의 제목이나 인용구를 볼 수 없었다. 『밈의 심정』 중 심지언이 〈꼰대책방〉에서 소개했던 부분은 대략 이런 것이었다.

중년과 노년층이 이룬 밈이라는 유전자. 이것은 그들이 일해 온 인생만큼의 가치가 담긴 보석이다. 다른 동물과 다르게 인간은 생식 능력이

저문 후에도 20년 이상을 더 산다. 번식된 자식들은 자아가 형성되는 시기 이후에도 20년을 넘게 부모의 품 안에서 양육된다. 그 20년은 무엇을 의미하는가. 그것이 바로 밈을 전수하는 시간이다. 어른들은 20년간 그들의 뇌에 박힌 밈을 다음 세대에 전수하기 위해 애쓰면서 스스로의 삶을 영글어 낸다.

마찬가지로 청년들이 그 보석을 전수받아 여물어 가기 위해서는 긴 시간이 필요하다. 윗세대로부터 그것을 전수받고, 거기에 청년의 시각을 더해 새로운 문화를 창조한다. 그것이 새로운 '밈'이 되고, 이런 방식은 중노년과 청년의 이상적인 관계 맺기이다. 어른은 청년이 따라올 때까지 기다려 준다. 청년은 배움의 자세로 그 시간을 받아들일 수 있다.

하지만 세대 사이에 이루어지는 이러한 자연스러운 밈의 이동을 불만스러워 하는 집단이 있다. 바로 기업들이다. 자본주의가 만든 거대 괴물, 오로지 시장만이 그것을 기다릴 수 없다. 밈의 이동은 곧 돈의 흐름과 직결되기 때문이다. 그래서 기업은 젊은이들에게는 더 빨리 어른이 되라고 한다. 그리고 어른에게는 더 빨리 사라지라 한다.

기업의 속내를 들여다볼까? 젊은이들은 빨리 일을 시작해야 더 오랜 시간 소비를 할 수 있다. 빨리 벌어야 빨리 소비하고 많이 소비할 수 있는 것이다. 반대로 늙은이들은 기업에 돈을 벌어 줄 기회도, 소비를 할 재력도 줄어든다.

그래서 기업은 몸으로는 더 이상 기업에 벌어다 줄 것이 없는 늙은이들이 그나마 가치가 남아 있는 '뇌'만이라도 빠르게 상품화하고 사라져 줬으면 한다.

노인이 사라지는 이유는 바로 이것이다.

인력 시장의 선순환이자, 인간 존중의 악순환. 책의 내용이 예언처럼 딱 들어맞아 가자, 〈꼰대책방〉의 구독자들은 이 내용을 자발적으로 퍼다 날랐다. 『밈의 심정』 판매 부수는 점점 늘어났고, 그 내용을 회자하는 포스팅들이 늘어났다. 그러나 찬반을 다투는 논객들의 논쟁이 점점 가열될수록 기업과 언론의 정을 맞는 법이다. 『밈의 심정』이 내놓은 결론은 가히 충격적이었지만 발 빠르게 손을 쓴 미메시스 기업들에 상처 하나 내지 못하고 심심하게 사라져 버렸다.

정말 딱 들어맞아 가고 있다. 세상은 점점 빠르게 변하고, 하나의 업무 능력을 가지고 일할 수 있는 시간은 짧아졌다. 그래서 또 빠른 직업 전환을 위해 미미를 찾는다. 미미를 장착한 인간들은 또 세상을 점점 빠르게 변화시킨다. 그러면 또 빠른 직업 전환이 필요하다.

지언은 흐르는 대로만 살다가 이런 시대의 흐름을 따라가지 못해 헌책방에서 자기 자식에게만 훈장 노릇을 했던 아버지가 떠올랐고, 운전대를 잡은 최 팀장의 뭉툭한 손가락 마디가 책장을 넘기는 아버지의 그것과 닮았다고 생각했다.

// 이어달리기

성도진은 그룹웨어 공지사항에 뜬 신입사원 명단에서 그 이름을 보았다. 심지언. 허겁직업에서 처음 만난 그는 자기보다 두 살 어리다고 했지만, 어리다는 느낌은 들지 않았다. 피케 셔츠의 노란빛은 바랬고, 칼라 깃의 끝도 해져 있었지만 그의 웃음은 참 신선했었다.

잘 자란 얼굴. 그늘이라고는 찾아볼 수 없는 미소를 띠고 그는 항상 무리의 중심에서 대화를 이끌었다. 유쾌하게 펄럭이는 돛을 달고 이야기의 방향키를 이리저리 휘감으며 모임의 분위기를 이끄는 선장이었다.

그래, 질투였었어. 도진은 쓴웃음을 지었다. 2년 전 동아리 모임에서 묘한 불쾌감 때문에 불편한 자리를 만들었던 장면이 떠올랐다. 자신에게는 없는 어떤 기운이 지언의 주위엔 떠다녔었다. 주위 사람들을 모으는, 자꾸 쳐다보게 되는, 일종의 신비감이라고 할까.

이런 게 바로 아버지가 말했던 리더십이라는 걸까. 그토록 노력했는데도 가질 수 없었던 무형의 성적표. 아니면 어머니가 말했던 자신감이라는 걸까. 죽도록 쫓아가도 잡힐 듯 잡히지 않는 잘난 이들의 그림자.

도진은 모든 것에 느렸었다. 걷는 것도, 말하기 시작한 것도 남들보다 늦었다. 남들보다 교과를 선행했지만 나중에는 영어와 수학 모두에서, 훨씬 늦게 출발한 친구들과 같은 레벨이 되었다. 어머니는 이런 도진을 답답해했다. 일곱 살 학예회에서 못난 영어 발음을 들키고 싶지 않아 두 번째 줄로 숨었던 도진을 앞으로 끌어내던 어머니의 서늘한 그 눈빛. 도진은 지언으로 시작해서 어머니로 끝난 어두운 기억의 페이지를 모니터 종료 버튼과 함께 닫아 버렸다.

며칠 후 지언에 대한 기억은 도진에게 현실로 다가왔다.

유전자의 힘 그 위에 밈이 있다.

커다란 현수막이 걸려 있는 강연장. 자신이 뽑아 낸 슬로건임에도 도진은 그것을 볼 때마다 역한 감정이 들었다. 한 달에 한 번 상품개발 팀에서 준비하는 사내 임직원 대상 강연 프로그램은 이번 달 도진의 담당이었지만, 이번 건은 장도섭 대표가 찍어 내린 강연이나 마찬가지였다.

도진은 1년에 한 번 있는 직원 할인 행사에서 미미 이식을 신청하지 않았다. 이번에는 50퍼센트나 되는 파격적인 가격에 시행했지만 동기 중 유일하게, 아니 어쩌면 회사 내에서 미미를 이식하지 않은 몇 안 되는 사원일 수도 있겠다. 그런 도진에게 동료들은 물었다. 왜 미미를 이식하지 않느냐고.

그래, 그 대답을 이번 강연 주제로 보여 줄 참이었다. '똑똑하게 살 것인가? 현명하게 살 것인가?'라는 인문학 강의에 빗대어서 말이다. 미미를 이식하지 않은 맨 머리로 최고의 자리에 오른 장도섭 대표처럼 나도 미미 없이 최고가 될 수 있다는 걸 보여 줄 거거든.

물론 장 대표가 세상에 하나뿐인 '퍼스널 미미'를 맞춰 이식받았을 거라는 소문도 있었다. 그러나 최근 어느 인터뷰에서 장 대표가 미미를 이식하지 않았다고 밝히면서 더 큰 존경을 받았다. 미미의 도움 없이도 최고의 과학자이자 최고의 사업가가 된 미미의 창조자! 이 아이러니한 스토리는 장도섭 대표를 최고의 브랜드로 만든 엔진이 된 것이다.

하지만 도진의 주제는 반려당했다. 그것은 아마 월초 조회 시간에 장 대표가 발표한 전사 성과 지표 때문일 것이다. 미투 상품(인기 브랜드를 모방하여 출시하는 상품-저자 주)이 판을 치는 밈 시장에서 오리지널리티를 가진 미미 브랜드의 시장 점유율이 19퍼센트, 주타깃인 청년층에서는 35퍼센트가 미미를 이식받았다는 매출 지표는 가히 박수갈채를 받을 만했다. 이런 성과라면 누구나 떠벌리고 싶을 것이다. 아니나 다를까 조회 직후 상품개발 팀장은 도진을 불러 명함 하나를 슬쩍 내밀었다. 뇌과학자 출신 현 미메시스 연구소 부소장 김금희의 명함이었다. 미메시스 연구소는 사실상의 중심축이다. 제노그룹을 움직이는 실질적인 전략실이자 모든 비밀을 끌어안고 있는 판도라의 상자. 또한 도진에게는 미미 상품의 개발 가능 여부를 허락받기 위해 수십 차례 확인 혹은 문안 전화를 해야 하는 갑 중의 갑이자, 미미의 영업 지표와 직결되는 핵심 품질을 좌지우지하는 상전 중의 상전이다. 제노그룹이 손과 발이면 미메시스 연구소는 뇌와 같은 곳이라는 말이다.

미메시스 연구소가 뇌라면, 김금희 부소장은 뭘까? 그녀는 뉴런 정도로 비유할 수 있겠다. 뉴런은 다른 뉴런에서 온 자극을 그대로 전달하는 역할이니까. 제노그룹의 대표이자, 동시에 과학자 출신이라는 이력을 내세워 미메시스의 소장 자리를 겸임하고 있는 장도섭 대표의 자극을, 그녀는 언제나 가감 없이 그대로 전달하는 역할만 충실히 하고 있으니까.

역시나 오늘 그녀의 전기·화학적 신호는 모두 장도섭 대표로 향해 있다. 맨 앞에 앉은 장 대표의 눈길에 한 치의 어긋남도 없으려는 긴장된 단정함. 강의가 진행되는 동안 도진은 장 대표를 의식하는 그녀의 시선이 내내 거슬렸다. 장 대표는 강의 내용이 마음에 드는지 고개를 연신 끄덕거렸다.

저도 애를 키우고 있지만, 요즘 부모들 이런 말 참 쉽게 합니다. 아이가 마음에 안 드는 행동을 했을 때 유전자의 힘은 못 속인다고, 어떻게 아버지를 쏙 빼닮았냐고. 그렇지 않으세요?

유전자의 힘이 그렇게 센가요? 정말 그렇게 믿으세요?

유전자는 단지 생존에 필요한 정보를 입력해 두었다가 그대로 출력하기 바쁘죠. 하지만 두뇌는 그렇지 않아요. 기억장치 이상의 기능을 수행합니다. 바로 상황을 분석하여 그에 따라 다른 판단을 하고, 새로운 전략을 만들어 내요. 치열한 경쟁 속에서 살아남기 위해 두뇌는 유전자의 생존 본능을 넘어서는 포식자로 진화해 온 것이죠. 뇌가 가진 정보는 유전자가 가진 정보의 수만 배나 되는 것입니다.

바로 이러한 이유로 우리의 뇌는, 미미가 필요한 것입니다. 자식이 남편과 닮아 속상해한다면, 미미를 권해 주세요. 대물림을 끊을 수 있습니다. 또, 자식이 날 닮았어야 하는데, 하며 후회하는 고객이 있다면 자식 손잡고 함께 오시라 하세요. 유전자의 힘으로 물려받지 못한 선대의 유산을 저희가 확실하게 물려드릴 수 있다고 자신 있게 말하십시오.

그녀의 강연은 큰 박수를 받았다. 높은 실적에 걸맞은 찬양이었다. 겉으로의 주제는 "인간의 유전자보다 뇌가 우수하다"는 것이었지만, 실상은 인간만이 가진 유일한 뇌, 대뇌피질의 역할을 완벽하게 대체해 낸 미미에 대한 칭송이었다. 하지만 도진은 이것에 완벽하게 동의할 수 없다. 대뇌피질 말고도 뇌에는 감정이나 의식, 생명의 뇌들이 함께 있을 뿐더러, 아직 밝혀지지 않은 미지의 영역이 더 많다. 도진은 미지의 영역이라는 표현을 참 좋아했다. 이 말은 마치

"뇌는 너무나 인간적이어서 기술로는 손댈 수 없는 무언가"라거나, "아무리 뛰어난 과학자라도 밝혀 낼 수 없는 무언가"라는 말과 동의어처럼 들리기 때문이었다.

그때였다.

"아주 돈독이 들었군, 돈독이. 선배, 해독 좀 해 줘야 하지 않아요?"

심지언이 어느새 내 옆자리를 차지하고 있었다. 언제 와 있었던 거야, 이 자식.

"강연이 아주 좋네요. 선배가 준비한 거 맞죠?"

도진은 입 닥치라는 표정으로 대답을 대신했다. 지언은 개의치 않는 표정으로 옆에 앉아 있다가, 강연이 끝나고 나서는 도진과 함께 강연 뒤처리를 도왔다. 도진은 녀석이 영 거슬렸다. 왜 내 앞에 나타난 거지? 녀석도 날 별로 보고 싶지 않을 텐데. 그러자 지언은 대뜸 대답했다.

"별로 탐탁지 않겠지만 저도 어쩔 수 없어요. 최 팀장이 꼭 같이 가야 한다고 해서."

독심술까지 하는 건가. 어딜 가느냐고 물었더니 지언은 한숨만 쉬고는 입을 다물었다. 도진은 신경을 끄자고 다짐했다.

연단에서 내려온 김금희 부소장은 장도섭 대표와 이야기를 나누었다. 처음엔 웃으며 시작했던 대화가 점점 심각해져 갔다. 장 대표의 액션이 점점 커져갈수록 김금희 부소장의 어깨는 현저히 작아졌다. 부소장의 떨어진 고개는 다시 올라오질 않았다. 멀리서 보는 두 사람의 모습은 포식자와 먹잇감 같았다.

  이 녀석에게는 자판기 커피도 감지덕지지. 도진은 휴게실 자판기 커피 두 잔을 뽑아 지언과 마주 앉았다.

  "나한테 무슨 볼일이야? 넌 나랑 상관없는 팀이라고 알고 있는데."

  도진은 괜히 싫은 인간에 대한 묵은 감정으로 돌아갈 뻔하다가 곧 냉정을 되찾았다. 그런데 지언의 표정이 더 굳어 있었다.

  "그렇다고는 하는데… 미미 이식받은 사람들 만나 보니 상관이 있는 것 같기도 하더라고요. 그래서 선배한테 도움 좀 받으려고요."

  "무슨 상관? 무슨 도움!"

  "혹시 선배, 미미 부작용에 대해서는 알고 있어요?"

  도진은 지언의 질문이 당돌하다고 느꼈다. 부작용에 대해 알고 있냐고? 난 선배고, 미미의 핵심 부서인 상품개발 팀인데, 어디 선배한테 이따위 말을 지껄이는 거지. 미미의 부작용은 들어보지도 못했다. 만약 그런 게 있더라도 핵심 부서인 우리가 먼저 알 수 있는 내용이지 이 자식이 먼저 알 만한 내용은 아닌 것이다.

  지언은 계속 말을 이어갔다.

  "미미는 워낙 비싸고, 우리 같은 민초들은 범접할 수 없는 프리미엄 시장이니까요. 그냥 완벽 그 자체! 완벽한 기술 집약체이고 인류와 끝까지 갈 거라 떠들어 댔으니까. 불안을 예견했던 책들을 깡그리 다 불태워 버릴 수 있었겠구나, 이렇게만 믿고 있었어요. 그런데 부작용이 웬 말이에요? 하긴 상식적으로 생각해 보면, 남의 뇌를 뚝 떼어서 내 뇌에다가 붙인다는 게 말처럼 깔끔하게 되는 거겠습니까? 가위 자국, 풀 자국이 없을 수가 있겠냐고요. 어디 자국뿐이겠어요? 먼지며 이물질도 같이 붙어 버리잖아요. 제가 긴급대응서비스 팀에 입사해 보니, 해결해야 할 게 한두 가지가 아닌 것 같아요."

지언의 말이 많이 거슬렸지만 도진은 일단 듣고 있었다. 사실 그에 대해 아는 것이 별로 없었다. 가만히 있으면 모르는 건 문제가 되지 않는다.

"부작용 관련 서류는 아무리 찾아봐도 그룹웨어에 없었어요. 그런데 최 팀장님 노트북 자료에는 꽤 많더라고요. 얼마 전에 제가 겪은 사건들도 있고, 또….'

지언은 스마트폰을 열어 도진에게 내밀었다. 해독제 사진과 해독제 성분 등을 나름 조사한 자료에는 전부 처음 보는 내용들이 적혀 있었다.

"제가 얼마 전부터 부작용 케이스에 투입되고 있는데, 해독제라고 해야 하나? 이게 이식받은 미미를 아예 녹이는 거라고 했어요. 근데 그런 게 있다는 걸 팀에 들어오기 전에는 어디서도 들어보지 못했고, 어디에 물어볼 수도 없어요. 우리 팀 업무 보고에도 제가 한 일은 다 빠져 있어요. 최 팀장은 모르는 척하라고만 하고….'

"근데 왜 나한테는 말하는데?"

"안 그래도 제가 그랬죠. 도진 선배가 알아도 되냐고. 그랬더니 도진 선배는 알아야 한다고 하더라고요."

"알아야 한다고? 내가 왜?"

지언의 순수한 의문과 청초한 정의감. 도진은 짜증이 났다. 보통 이런 순수함은 문제를 만든다. 아무것도 모르는 용기는 손해를 부를 뿐이다. 최 팀장도 마찬가지다. 그는 마주칠 때마다 그런 뉘앙스를 풍겼다. 항상 뭔가를 다 안다는 듯이, 도진을 다 안다는 듯이. 어쩐지 두 사람이 비슷하다는 데까지 생각이 미쳤을 때 지언의 톤이 조금 다급해졌다.

"선배, 선배는 끔찍하지 않아요? 대책이 있어야 할 텐데, 왜 이렇게 잠잠한 거죠? 뭔가가 있어요. 뭔가가."

세상에는 중요하지만 중요하지 말아야 할 것이 있다. 누구나 알지만 아무도 말하지 못하는 것이 있다. 그런데 이 자식은 아무렇지도 않게 그것을 건드린다. 이런 순수한 표정으로, 이런 말을.

"사실, 오늘 부탁할 것이 있어요. 아니, 제가 부탁하려고 한 건 아니고, 최 팀장이 이번 건은 꼭 도진 선배와 같이 가야 한다고 하도 등을 떠밀어서…."

스마트폰을 만지작거리며 손을 모으는 지언의 행동이 좀 더 정중해 보이려는 노력처럼 보였다.

"그만. 알았어. 도대체 뭔데?"

"선배 들어볼래요? 그럼 본론 들어갑니다! 선배, 한강호 회장 알죠? 원진그룹 회장. 선배가 영업 팀 있을 때 만난 VVVIP 고객."

당연히 기억한다. 도진이 몇 년 전 영업 팀에 있을 때 프리미엄 고객은 영업왕 도진의 몫이었다. 그중에서도 한 회장 일가는 도진이 절대 잊을 수 없는 고객이다. 그리고 최근 언론을 장식하는 사건도 주시하고 있긴 했다.

"따님에게 자신의 미미를 이식시켰다고 하더군요. 그런데 따님에게 문제가 생겼대요."

원진 오너 일가에서 터진 일련의 사건에 여론은 '갑질대란'이라고 이름 붙였지만, 도진에게는 최고가의 상품을 평생 관리 옵션으로 일시불 결제한 최고의 고객이었고 덕분에 동기들보다 빠르게 마케팅 부서로 이동할 수 있었다.

대한민국에서 둘째가라면 서러운 대기업에서, 오너 자식으로서의 특권 의식에 빠져 회사 직원들과 도우미들에게 폭언과 고성을 날리며 모욕하고 기만한 사건. 그 녹화 영상은 최고의 항공 기업답게 최고 속력으로 언론에서 자취를 감췄지만 온라인에서, SNS에서 재생산되는 제트기류는 막을 수 없었다.

"거길 내가 왜 가? 이제 난 영업 팀도 아니고, 그 일은 이제 너네 일이잖아. 알아서 해야지."

"선배가 같이 가요. 선배가 시작했잖아요. 선배도 불편할 테니까."

도진은 갑자기 욱하는 감정이 솟구쳤다.

"심지언. 너, 듣자 하니 청계천 헌책방 출신이라며? 골방에 처박혀서 고리타분한 옛날 책만 보니 현실 감각이 없지? 세상이 우스워 보여? 정의감만 있으면 다 될 것 같고 그런가 보지?"

고객은 그저 고객일 뿐이다. 밈을 주는 기버는 우리의 재료일 뿐이고, 미미를 받아들인 리시버(receiver)는 단지 미미를 담는 그릇일 뿐이다. 우리에겐 그 이상도 그 이하도 아니다.

도진의 갑작스러운 도발에 지언은 눈만 깜빡이다가 돌아서는 도진의 어깨를 강하게 움켜쥐었다.

"야, 성도진. 내가 죽을 사람 살려 달라는 것도 아닌데 왜 우리 집을 들먹여. 그리고 이게 비현실이야? 원진그룹 사태는 네가 만든 현실이잖아! 팔 때는 간 쓸개 내줄 것처럼 구워삶았을 거 아냐. 근데 이제 와서 네 일이 아니라고?"

"이 새끼가 얻다 대고 반말ㅇ…."

말을 다 끝맺기도 전에 지언의 주먹은 이미 도진을 지나 허공을 가르고 있었다.

"그래 우리 집 헌책방이었다, 새끼야. 그래도 자식이랑 의절한 교수 집안보다 청계천 지하방이 훨씬 나아!"

며칠이 지나도 얼얼하다. 그날의 격렬한 주고받음은 작은 상흔들을 남겼지만, 덕분에 커다란 반전을 선사했다. 유치한 말싸움이었다. 너 태권도 무슨 띠냐, 발차기는 어디까지 할 수 있냐, 블링블링자드 게임은 어디까지 올라갔냐. 그러다 웃음이 터졌고, 잘났다 이 새끼야, 그래 너도 잘났다 이 새끼야. 그걸로 끝이었다.

그렇게 결국 도진은 함께 나서기로 했다. 지언에게 논리적으로 설득당했다고 생각하기로 했지만 사실, 도진도 보고 싶었다. 자신이 판 미미의 결과가 어떤 것인지.

평창동 한 회장의 저택으로 출발하는 차 안에서 지언은 AI에 이 노래 저 노래를 주문했다. 광화문 제노빌딩에서 평창동까지 가는 동안 운전은 AI가 할 것이니 디제이 역할이나 제대로 해 보겠다는 것이다. 도진은 자신에게 말 시키지 않고 혼자 잘 노는 게 오히려 다행이라고 생각하며 좌석 깊숙이 앉았다. 그리고 기억 속 한 회장과의 첫 만남을 차창에 그렸다.

그것은 도진이 자원한 만남이나 다름없었다. 실적은 제대로 올릴 수 있어도 왠지 거물급 만나기가 부담스럽다는 동기도 있었고 괜히 실수라도 할까 봐 겁난다는 선배도 있었는데, 도진이 하겠다고 손을 들자 이들 모두 안도의 숨을 내쉬었다.

도진은 만나고 싶었다. 대한민국 부동의 특권 계급, 재벌은 어떤 밈을 가지고 있을까. 그들의 밈은 정말 더 특별할까? 유능한 유전자를 이미 물려주었을 것인데, 무엇 때문에 미미를 이용하려는 것일까? 자식을 더 유능하게 키우고 싶은 욕심은 끝도 없는 것일까. 그들도 결국은 똑같을까. 우리 아버지, 어머니처럼. 도망칠 수밖에 없는 지옥을 만들어 놓고 그 울타리가 최고의 환경이라고 여기는 부모 중 하나일까.

첫 만남, 첫 마디부터 한강호 회장은 자신의 딸을 완벽하게 부인했다.

"딸아이는 나를 하나도 닮지 않았소."

한강호 회장은 딸 한소희가 아내를 닮았고, 아내의 우악스러운 성질도 그대로 물려받았다고 한탄했다. 명석함만큼은 자신을 닮길 바라는 마음에 대학 때까지 3개국을 유학시키며 회사 한 채 값을 날렸지만, 결론은 '나를 닮지 않아 무능한 아이'라는 것이었다. 그래서 한 회장은 '법륜 스님의 정신수양 미미'와 한 회장 자신의 밈을 추출하여 한소희에게만 이식할 수 있는 개별 맞춤상품으로 제작해 달라고 요청했다. 이 두 가지를 한꺼번에 이식하는 것은 위험할 수도 있다고 경고했지만, 그는 그걸 더 큰 보상을 요구하는 딜로 받아들였다. 결국 관리 주기를 더 촘촘히 짜고 3년에 한 번씩 정밀 검사를 받는다는 조건으로 이식을 확정지었다.

당시 스물여섯 살이던 한소희는 막 유학에서 돌아와 광고마케팅 계열사의 임원 자리를 차지하고 있었다. 상담을 하기 위해 사무실 앞에서 기다리던 도진은 한소희의 방에서 흘러나오는 괴성과 오열을 들었다. 놀란 도진은 자리에서 벌떡 일어났지만 그 자리에 함께 있던 부서 직원들은 태연했다. 서로 눈짓으로 주고받는 암호는 대충 지겹다는 반응이었다.

도진이 들어갔을 때, 한소희는 의외로 담담했다. 아버지가 자신을 탐탁지 않아 한다는 것을 잘 알고 있었고, 자신도 아버지를 혐오한다고 했다. 그럼에도 불구하고 한소희가 순순히 미미 이식을 수락한 이유를 도진은 훗날 언론보도를 통해 알게 되었다. 그녀가 욕심내던 광고기획사가 그 대가였다.

인간은 원하지 않는 유전자를 물려줄 수 있다. 아버지와 어머니는 신의 난수표적 선택에 의해 자식에게 유전자를 전달해 주는 자연 기버이다. 그들은 좋은 유전자를 물려줄 수도 있지만, 나쁜 유전자를 물려줄 수도 있다. 자식을 키우면서 물려주고 싶지 않았던 기질이 자기 자식에게 있음을 깨닫고 통탄하는 사람도 있다. 자식의 경우 부모처럼 살지 않겠다고 다짐했지만 어느덧 나이가 들어 자신이 부모와 똑같이 닮아 있는 모습에 좌절하기도 한다.

반대로, 닮고 싶은 부모의 모습을 갖지 못하고 태어난 자식도 있을 것이다. 자식은 부모를 선택할 수 없고 유전자를 주는 사람은 그들이니까. 안 췄다 투정 부릴 수도, 필요 없는 걸 췄다 원망할 수도 없는 것이다. 하지만 잘난 부모의 보석을 물려받지 못한 게 그들의 죄는 아니라고, 도진은 생각했다.

"넌 왜 뭐든지 느린 거지? 원래 느리다고? 변명이 구차하구나, 성 도진. 그런 사람은 없어. 빨라질 때까지 노력을 하지 않는 사람만 있을 뿐이야."

도진의 귀에 어머니의 메아리가 재생됐다. 아니야, 죄는 없어, 부모처럼 잘 하지 못하는 게 죄는 아니잖아. 도진은 한강호 회장과 딸 한소희를 처음 만났던 그날을 되새기다 떠올라버린 구차한 옛 생각에 도리질을 했다.

한 회장의 저택은 한산했다. 얼마 전까지 비밀의 방이다 뭐다 언론에서 떠들어 대며 기자들이 장사진을 치더니 그 이슈도 약발이 다 된 것 같았다. 대저택의 육중한 정문이 열리자 경호원들이 앞을 가로막고는 몸수색을 했다. 길게 난 정원의 길옆에는 깔끔하게 잘린 잔디가 원진그룹의 직원들처럼 머리를 조아리고 있었다.

현관문을 열자 익숙한 괴성이 들렸다. SNS를 통해 대한민국 전역에 울려 퍼진 욕설 동영상을 실제로 들을 수 있다니. 지언은 털이 곤두선 팔을 가리키며 소름끼친다는 표시를 했다. 안으로 들어가니 한 회장의 비서라는 사람이 그들을 맞았고, 한소희의 괴성은 방 안에서 새어나오고 있었다. 그런데 괴성의 정체는 하나가 아니었다. 두 사람의 목소리가 겹쳐 들렸다.

다른 하나는 바로 한소희의 엄마 이명자였다. 그녀는 가정관리인에게 했던 욕설 그대로를 자신의 딸 한소희에게 퍼붓고 있었다. 도진은 귀를 의심했고 지언은 두 눈을 양손으로 마구 비볐다. 방 안에서는 도대체 어떤 상황이 펼쳐지고 있는 것일까?

그때였다. 언제 들어왔는지 한 회장이 성큼성큼 걸어오더니 지언의 얼굴을 주먹으로 가격했다. 쩍 하는 소리는 살과 살이 마찰하는 소리가 아니라 뼈와 뼈가 부딪혀 어딘가 하나는 깨어졌을 법한 강도였다. 아마도 지언이 앞에 있었기 때문에 지언의 얼굴이 제물이 되었을 것이다. 한 회장은 씩씩거리며 셔츠의 팔을 걷어붙였고, 그 옆에 선 또 다른 비서는 골프채를 대기해 두고 있는 터였다.

"어떻게 책임질 거야? 어? 내가 최상급으로 특별하게 제작해 달랬지? 근데 저런 쓰레기를 심어 놨어? 이제 어쩔 거야! 책임져, 당장!"

지언은 얼굴을 감싼 채 얼이 빠진 표정이었다. 한 회장은 연신 삿대질을 하며 장 대표를 들먹이기 시작했다.

"장 대표 이 새끼, 내가 입 막느라 든 돈이 얼만데. 엉? 연락을 씹어? 개새끼. 내가 딸애한테 미미 심은 거 밝혀지는 게 두려울 줄 알아? 난 꿈쩍도 안 해! 내가 어떻게 회사를 키웠는데! 그까짓 걸로는 절대 안 죽어! 다 까발려져도 원진은 안 죽는다고!"

붉으락푸르락 벌게진 얼굴이 기름기에 덮인 채 불판에 구워지는 꽃등심 같았다. 한 회장의 흥분을 가라앉혀야 하는데 도진은 이런 상황을 처음 직면했다. 30조 가치를 가진 기업의 최고 경영자가 내뿜는 불을 어떻게 진화시킨단 말인가. 어떤 직장인 백서에도 이런 내용은 없었다.

그때 지언의 목소리가 들렸다. 목소리는 낮게 깔았지만 여전히 상기된 얼굴, 들썩거리는 가슴을 정리하지는 못한 듯했다.

"회장님, 장 대표님이 회장님께 누가 되지 않도록 저희를 보내신 겁니다. 저희가 오는 것은 아무도 주목하지 않으니까요. 오늘 아침에 오셔서 꼭 비밀리에 잘 처리해 달라고 신신당부하셨습니다. 저희가 아무 일 없던 것처럼 되돌려 드릴 겁니다. 걱정하지 마십시오."

지언의 목소리에는 힘이 들어가 있었지만 동시에 도진의 다리에는 힘이 풀려 버렸다. 털썩하고 주저앉는 한 회장을 따라 도진도 주저앉고 싶었다. 지언은 한 회장 옆으로 가 꿇어앉고는 가방에서 패드를 꺼내어 그 앞에 펼쳐 보여 주며 조곤조곤 설명을 해 나갔다. 부작용 예시들과 해독 작용에 대한 자료들, 일전에 도진에게 보여 준 그 내용을 파일링한 것이다.

씩씩거리던 황소에서 성난 기운이 사라지니 한 회장은 순식간에 말 잘 듣는 늙은 양이 되었다. 하긴 대한민국 재벌이 말을 잘 듣긴 하지. 예전부터 정권의 뒷일을 해 준 대가로, 혹은 정권에 뒷돈을 대 준 대가로 특혜 받고 편법으로 성장해 온 것들이 오늘날의 대기업들이니까. 하지만 대한민국 재벌들은 망각이 습관화된 동물이라 선대의 더러운 떡고물은 모두 잊고 현재의 위치가 마치 자신들의 능력으로 이뤄 낸 것이라 착각하고 산다. 법인세 감면, 비과세 혜택을 비롯, 국민으로부터 받은 특혜를 조세포탈, 횡령, 갑질로 갚아 주는 부조리한 특권 의식의 주인공들. 이들은 오늘도 아주 제대로 망각하기 위해 그들을 부른 것이다.

흥분이 사라진 한 회장은 한소희에 대한 걱정을 털어놓았다.

"딸애가 이상해졌네…. 어떤 때는 차분한 딴 사람이 됐다가 또 어떤 때는 미친 사람처럼 종잡을 수가 없어."

"부작용 중 하나인 이중인격 장애입니다. 해독 가능하니 걱정하지 않으셔도 됩니다."

지언에게 신입사원답지 않은 진중함이 보였다. 하지만 도진은 그렇게 한 회장을 안심시키고 싶지 않았다. 한소희가 갑자기 이상해진 것이 아니라는 사실을 짚어가기 위해 그는 처음으로 입을 열었다.

"저… 회장님. 따님 상태가 사실… 처음부터 좋았던 건 아닙니다."

그것이 사실이었다. 그녀는 불안한 상태였다. 그때 미미를 이식하지 말았어야 했다. 도진은 그때의 기억과 함께 죄책감이 활성화되는 걸 느꼈다.

미미 이식을 위해서는 뇌 스캔과 심리 검사를 먼저 진행한다. 뇌 스캔은 뇌파 및 전기·화학적 신호를 두 단계에 걸쳐 스캔하는데 1차는 고객의 뇌 상태를 전반적으로 보는 제너럴 스캐닝, 2차는 본격적으로 '밈' 프로세스에 관여하는 대뇌피질의 건강 상태를 체크한다. 다행히 한소희는 뇌 스캔에서 '이식 가능' 판정을 받았다.

하지만 두 번째 검사인 심리 검사에서는 상당히 불안정한 결과를 보였다. 경계성 우울증과 피해망상 증상이 두드러졌다. 미미는 심리적으로 안정된 고객에게만 이식하게 되어 있다. 아직 미미가 감정의 뇌라고 하는 변연계 이하에 어떤 영향을 미치는지 검증된 바가 없기 때문이다. 아니, 미메시스 연구소에서 검증하려는 의지가 없다고 하는 게 맞겠다.

하지만 경험과 감정이 어떻게 관련이 없을 수 있을까. 감정은 그 기억을 어디에 분류해 둘지, 장기로 분류할지 단기로 분류할지를 판

가름하는 기준이 될 텐데. 사실 미메시스 연구소가 어떤 기준도 제시하지 않았기 때문에 미미의 영업사원들은 그저 이런 상식에 기대어 심리적으로 안정된 고객만을 유치해 왔다.

도진은 한 회장에게 이 모든 것을 설명했다. 이식 당시에도 물론 충분히 설명했지만 한 회장은 다른 귀로 흘려들었을 것이다. 돈이면 다 될 것이라고 굳게 믿고 있었을 것이다. 하지만 도진은 한소희가 당시 어떤 상태였다는 것을 지금이라도, 그녀의 아버지 한 회장이 꼭 알아야 한다고 생각했다.

"따님은 미미 이식이 어려울 정도로… 심리적으로 성장하지 못한 상태였습니다."

심리적 질병을 의심했어야 했다는 말은 차마 나오지 않았다. 경계성이라 하더라도, 그건 그녀에게 정신병자라는 선고와 비슷한 것이었다. 지금도 그녀의 정신 상태는 전과 다르지 않거나 오히려 더 나빠졌을 것이다. 역시나 한 회장은 이런 상황이 되어서도 현실을 받아들이지 않았다.

"우리 애는 정상이야. 단지 나보다 제 엄마 성격을 더 닮은 거지."

그는 전보다 더 단호했다. 이제 침묵할 수밖에 없다. 어떤 말을 해도 그는 듣지 않을 것이 분명했다.

"하지만 회장님…."

도진은 더 말하려 했지만 지언이 막았다. 예정된 순서는 변하지 않는다.

"회장님, 따님에게 데려다 주십시오. 해독을 시작하겠습니다."

그 사이 2층에서 흘러나오던 괴성은 잠잠해진 상태였다. 똑똑, 경호원의 노크에도 잠잠했다. 도진과 지언은 문을 열고 조용히 방 안으로 발을 내밀었다.

한소희는 탈진한 표정으로 침대 귀퉁이에 앉아 있었다. 이명자는 아직 분이 풀리지 않은 듯 팔짱을 낀 채로 방 안을 서성거렸다. 두 사람은 한소희에게 다가가 정중히 인사를 한 후 의자를 가져다 그녀 앞에 놓고 마주 앉았다. 설명을 하기 위해서였다. 그녀는 미동도 없었다. 침울한 고요 위에 위태롭게 앉아 있을 뿐이었다.

"잠시 고개를 숙여 주시면 되세요. 잠깐입니다. 곧 편안히 잠이 들 거예요."

그녀는 지언의 말을 들은 것처럼 반응했지만 반대로 숙였던 고개를 들었다. 도진과 시선이 맞닿았지만 꺼낸 이야기는 그들을 향한 것이 아니었다.

"어릴 땐, 그게 이상했어. 엄마가 영문도 모르는 화를 불같이 뿜어낼 때 난 너무 억울하고 분한데 왜 다른 사람들은 안 그래 보이지? 억울해 보이기는커녕 죄송하다고 하면서 무릎까지 꿇었어. 내가 이상한 건가? 나만 화가 나는 건가? 이 사람들은 하나도 화가 나지 않는 걸까…?"

분주히 움직이던 이명자는 우뚝 멈춰 섰다. 한소희는 멈추지 않고 계속 말했다.

"그러다가 조금 자라고 나니, 사람들의 그런 모습이 역겨워지기 시작했어. 엄마가 화를 내면, 아니 심지어 내가 화를 내도 사람들이 참고 반성하는 척하는 게 다 돈 때문인 줄 알게 됐거든. 참는 만큼 돈을 받았으니까 버텼던 거야. 더럽고 추악해 보였어. 돈 때문에, 그까짓 돈 때문에… 돈이 뭐가 그렇게 중요하다고, 돈 때문에 참고 웃는 모습을 보면서 짜증이 났어. 그런데… 어느 순간부터 나도 화를 참지 못하겠더라. 한두 번 화를 폭발시켰더니 엄청 시원해졌어. 몇 번 더 하게 되니 또 더 하게 되고… 그 기분 알아? 그렇게 화를 불같이 내고 나면 갑자기 모든 게 평화로워져. 끝까지 가고 나면, 그 경계를 넘어서면 나도 모르게 이상한 황홀경에 빠져. 그다음부터는 유희야. 사람들의 비굴함을 즐기게 되지. 종류도 다양해. 어떤 사람은 뉘우치는 표정을 하지. 어떤 사람은 무릎을 꿇고 싹싹 빌어. 나도 돈인 걸 아는 거야. 사람들은 내가 무슨 말을 해도, 다 알아먹었어. 내가 뭘 시켜도, 다 하더라고. 재미있다고 해야 하나, 너무 뻔한 농담 같은 재미…"

한소희의 어깨가 가늘게 떨렸다. 창밖을 향한 이명자의 어깨도 조금은 들썩거리는 것 같았다.

"그러다 우연히 내 얼굴에서 엄마 얼굴을 봤어. 죽이고 싶었어! 거울 속에 나, 거울 속에 엄마를! 다 엄마 때문이야! 내가 이렇게 된 건, 모두 다! 어릴 적엔 무조건 참기만 하다가 이제는 아무것도 참지 못하는 어른이 된 건… 모두 다 엄마 때문이라고! 날 이렇게 만든 건 엄마, 엄마라고!"

한소희의 넋두리가 끝나자마자 이명자가 딸에게 달려들었다.

"아아아아악! 이년아! 내가, 내가 널 어떻게 키웠는데! 이년, 네 이년! 차라리 죽어!"

하지만 그녀는 딸의 눈을 정면으로 보지 못했다. 두 사람의 눈은 눈물이 가득한 채로 서로 다른 곳을 향하고 있었다. 한소희는 분노하지 않았고 그저 투명했다.

지금은 아마도 법륜 스님의 미미가 작용하고 있는 것일까? 도진은 잠깐 이런 생각이 스쳤지만, 아마도 아닐 것이다. 한소희는 지금 그녀 자신이다. 그녀 안에 오랫동안 웅크리고 있던 아이, 욕설 속에서 자라온 스트레스를 끌어안고 돈 밑에 숨어 지내던 어린 그녀가 이제 갓 깨어난 말간 얼굴로 있다. 그렇게 한소희는 한동안 망망히 엄마를 기다리고 있다. 엄마의 분이 제풀에 꺾여 조용해질 때까지.

"아버지는… 어때요?"

잠시 후 이명자가 신경질적으로 슬리퍼를 끌며 방을 나가고 난 후 한소희가 물었다.

"네, 아버님께서는 따님의 빠른 회복을 기다리고 계십니다."

"그렇군요. 아버지는….."

그녀는 살짝 웃는 것처럼 보였다.

"아버지는 웃겨요. 아버지가 제일 나쁜데. 자꾸 엄마 탓이라고 하네요. 아픈 엄마 밑에서 힘들 때 아버지는 아무것도 하지 않고는. 이제 와서 자길 닮으라고 하네요."

문 밖에선 여전히 어머니의 고성과 아버지의 한탄이 이어졌고 한소희는 가만히 고개를 숙였다.

// 탑골

해질 무렵의 평창동은 한산했다. 완만한 경사길을 내려오는 차 안 공기는 노을의 습기를 머금어 눅눅한 기운이 돌았다.

도진은 고개 숙인 한소희의 목을 겨눈 주사기와 입천장을 뚫고 빠져 나온 말랑말랑한 중뇌 쪼가리를 떠올렸다. 처음 보는 미미의 어두운 단면은 부유하는 먼지처럼 여러 생각을 낳고 또 낳았다. 회사는 부작용 사실을 알고 있었다. 상품개발 팀에는 오로지 새로운 상품으로 갈아치우는 것에 집중하라고 했다. 그렇다면 매번 새로운 제품이 출시될 때마다 사양이 조금씩 변경되는 이유가 그것이었을까? 획기적인 업그레이드가 아니라 단지 부작용을 뜯어고치는 것만으로 20퍼센트 가격을 더 붙여 팔아먹은 것은 아닐까.

도진은 미미를 뛰어넘고 싶었다. 어머니 아버지를 뛰어넘을 수 없을 거라는 압박감에 잠 못 들던 밤도 있었다. 하지만 미미보다 더 뛰어난 상품을 개발하고 싶다는 생각만 했지, 미미에 허점이 있을 것이라고는 상상하지 못했었다.

그런데 완벽해 보였던 미미가 이런 허점투성이었다니. 미미의 부작용은 천재 박사 부부를 '실수하는 인간'으로 만들어 주었다. 특별하긴 하지만 완벽하지 않은, 놀라운 발견이지만 오점투성이 발견이기도 한 기술. 도진은 갑자기 시원한 맥주 생각이 났다.

운전석에 앉은 지언은 사건을 해결했다는 안도감에 기분이 한껏 들떠 있었다. 특히 "격노한 한 회장을 진정시킨 기막힌 인터셉트 감각"에 대해 이야기할 때는 귀엽기까지 했다.

"선배, 내가 꼰대 좀 다뤄 봤잖아요."

"그래, 인정. 근데 너도 그땐 좀 꼰대 같더라. 다 아는 척은."

"뭐요? 척이요? 참나… 그거 칭찬으로 들을게요. 척척 잘 해냈다는 칭찬!"

지언이 기분 상해 보이지는 않았다. 친구들한테 '젊은 꼰대'라는 말도 종종 듣는다고 했다.

"야, 근데 꼰대가 뭐냐?"

"으응? 예?"

"설명이나 해 봐. 너 꼰대책방인가 뭔가, 그거 한다고 한참 빠져 있었잖아."

도진은 유튜버 지언의 첫 방송을 떠올렸다. 촌스러운 멘트와 영상 구성이 눈에 선하다. 이제는 구글이 AR과 VR 등 모든 영상 미디어 기업을 하나로 합쳐 버린 유일무이 독점 미디어 기업이 되었지만, 구글은 유튜브의 전통을 그대로 유지하고 있다. 유튜브가 유지되는 데는 과거의 향수를 자극하여 팔아먹는 레트로 트렌드도 한몫을 한다. 하긴 레트로 문화는 어느 시대에나 마니아가 있었다. 듣자 하니 〈꼰대책방〉도 꽤나 향수를 자극한 모양이었다. 구독자가 몇 만은 되는 것 같더니.

지언은 당시 〈꼰대책방〉 첫 방송에서, 꼰대에 대해 정의를 해 주었다. 고인물? 고물? 몇 가지 키워드들은 아직도 기억난다.

"아… 꼰대책방요? 하하. 추억의 책장을 넘겨 볼까요?"

지언의 설명은 이랬다. 꼰대는 고인물이 아니라 고물일 뿐이라고 (정철의 『꼰대 김철수』에서 인용함-저자 주). 사람들은 꼰대를 고인물이라 말한다. 늙어서 고장 난 퇴물, 멈추어 선 낡은 기계에 비유한다. 그러나 꼰대는 고물이 되어 움직임이 작아지고 흐름이 느려졌을 뿐, 흐르는 것을 멈춘 사람이 아니다. 고물 수도꼭지라도 멈추지 않고 작은 물줄기를 계속 흘려 보내는 사람이다. 이미 많은 곳을 거쳐 와 넓은 땅에 단비를 적셔 주었어도 멈추지 않고 계속 흘러 어제와 다른 곳을 적시는 사람. 그런 사람이 진짜 꼰대라는 것이다.

"그래서 우리는 구분해야 해요. 흐르는 꼰대랑, 멈춘 꼰대를."

고인물 꼰대와 고물 꼰대. 천재 박사 부부는 고인물 꼰대일까 고물 꼰대일까. 도진의 부모는 흐르려고 했을까? 흐르는 사이 도진을 지나칠 수밖에 없었을까. 외면할 수밖에 없던 풍파가 있었을까. 차는 광화문 사거리에 들어섰다.

"선배, 다시 회사에 들어가야 해요?"

"아니, 적당히 내려 줘. 차는 네가 반납할 거지?"

그런데 광화문 사거리에서 광화문역 쪽으로 우회전해야 하는 차가 직진 차선에 있다. 지언은 AI 스피커에 대고 '이 밤을 찢어 버리는 신나는 음악'을 주문하면서 말했다.

"우리 저녁 먹고 가요. 한잔하면 더 좋고."

차는 지언의 단골집이 있다는 피맛골을 향해 가고 있었다. 맥주가 당겼던 도진은 못 이기는 척 끌려갔다. 공영 주차장은 낙원동 상가 거리에 있다. 피맛골로 가려면 탑골공원을 거쳐 가야 한다. 아직 탑골공원이라 부르긴 하지만 지금은 '탑골 인디펜던스 라운지'라는 대형 간판이 큰 대로 쪽으로 펼쳐져 있다. 안쪽에서 쏟아져 나오는 조명들 덕분에 거리는 대낮처럼 환했다.

지언은 공원 이곳저곳을 둘러보다가 뭔가 떠올랐는지 눈을 반짝이며 말했다.

"어디서 봤더라… 탑골공원이 3·1 운동 때 만세를 외친 곳이라는 거."

"교과서에 있었잖아."

도진은 지언의 느릿한 발걸음에 맞춰 천천히 걸었다. 이렇게 둘이 나란히 걷는 것도 나쁘진 않다는 생각이 들었다.

"아, 그랬나? 그럼 그것도 알아요? 독립운동의 상징이었던 이곳이 노인들의 안식처이기도 했다는 거."

"음. 들어본 것 같긴 하네."

"아버지가 얘기해 준 건데 3, 40년 전? 그러니까 2000년대에는 탑골공원에 매일 3000명의 노인들이 모여들었대요. 왜 그랬을 거 같아요?"

"뭐, 할 일이 없었겠지. 지금 노인들도 마찬가지잖아. 지금은 다 요양원에 모여 있지만⋯ 그땐 이 공원이 요양원 같은 곳이었나 보지?"

지언이 흠 하고 웃은 것 같다. 사실이다. 요즘 거리에서 노인을 볼 수가 없다. 집에 있는 것도 아닐 것이다. 모두 요양원에 있다.

반세기 동안 대한민국은 지속적으로 고령화되어 왔다. 노인이 지속적으로 늘어나자 어떤 정부에서는 노인의 기준 연령을 높여 복지 예산을 줄이려 했다. 또 어떤 정부에서는 노인의 생산력이 아까웠던지 노인 일자리 사업을 대대적으로 펼쳤다. 일부 고령 인구는 시대에 잘 적응해서 성공한 실버 세대의 롤모델로 두고두고 회자되었지만, 대부분은 추울 때 추운 데서 일하고, 더울 때 더운 데서 일하는 기피 직종에서 최저임금의 반도 안 되는 저렴한 인건비를 받으며 일했다. "내 몸 하나 건사할 돈만 있으면 되지"라며 백지처럼 웃는 할아버지가 나오는 공익광고처럼, 정말 딱, 삼시 세끼 겨우 먹을 정도의 돈.

매번 선거철이 되면 수적으로 우세한 노인층의 지지를 얻기 위해 선심성 공약을 남발했지만 실제로 현실화된 것은 손에 꼽힌다. 그중에서 그나마 성공 사례로 손꼽히는 정책이 하나 있는데, 바로 '치매 국가책임제'다. 치매에 걸린 노인들을 국가가 책임지겠다는 이 정책은 2017년 시작되어 지금까지 20년이 넘게 유지되어 오고 있다. 처음 도입되었을 당시, 치매 노인이 되어도 가족에게 부담을 주지 않을 수 있다는 고령층의 안심과 더불어 치매 부모를 위해 내 한 몸 희생해 부양하지 않아도 된다는 자식들의 정서를 동시에 공략하여 큰 호응을 얻었다. 국가적으로도 명민한 선택이었던 것이, 생산가능인구가 치매 노인을 부양하느라 일을 못하는 상황, 다시 말해 젊은 사람들이 국가 예산에 보탬이 되는 행위를 못하게 되는 상황을 미리 방지하는 제도이기도 했다. 게다가 치매 노인 돌봄 노동이라는 새로운 업종이 생겨나면서 요양병원 종사자, 요양보호사 등 다양한 일자리들이 양산되기도 했던 것이다. 노인에게는 전문적인 돌봄을, 젊은 사람들에게는 자유와 일을!

그러나 이 정책이 치매 노인 돌봄에 대한 부담감을 줄이고자 했던 것이지 자식의 도리까지 대신하겠다는 의미가 아닐진대, 이 제도가 탄탄해질수록 경도 치매 단계에서부터 장기 요양을 신청하는 자녀들이 늘어났다. 이와 맞물려 국가도 정권에 대한 지지 의사를 표명할 수 있는 청장년층에게만 유리하도록 제도를 수정해 주었고, 20년이 지난 지금 치매국가책임제는 고령층을 합법적으로 요양 시설에 가두어 두는 감금 제도가 되어 버렸다.

저녁 장사가 한창인 한 샐러드 카페의 뒤편을 지날 때였다. 빛이 닿지 않는 그늘에서 홀로 노래를 부르는 한 남자가 있었다.

"30년 일하다가 직장에서 튕겨 나와 길거리로 내몰렸다. 누가 내게 지팡이를 손에 쥐게 해서 늙은이 노릇 하게 했는가. 세상은 30년간 나를 속였다. 너는 늙어 봤냐? 나는 젊어 봤단다…(서유석의 노래 '너 늙어봤냐 나는 젊어봤단다' 일부-저자 주)."

젊은 사장에게 당한 어떤 굴욕의 기억을 담배연기에 태워 보내는 것일까. 담배연기가 까맣게 보였다.

"탑골. 이곳 참 재밌죠. 전 퇴근하면서 여기 자주 들러요."

지언이 탑골의 지난 이야기를 하기 시작했다. 매일같이 야근하고 막차 타기 바빴던 도진에게 제노빌딩 이외의 종로는 그저 노선도의 일부에 지나지 않았는데, 지언은 탑골을 관심 있게 지켜봐 온 모양인지 목소리가 조금 높아져 있었다.

2000년대 초반, 서울시는 노인들에게 점령당한 탑골공원에 막대한 세금을 투입하여 점진적인 개·보수 작업을 시작했다. 청년들이 나라를 바로 세우는 시발점이었던 '독립운동의 거점'이라는 점에서 노인보다 청년들에게 더 의미 있는 장소라 주장하며, 청년 창업 및 문화 휴식 공간으로 개조했다. 명분은 낙후된 도심 정비와 역사 공간의 현대적 재해석이자, '독립운동'의 의미를 되새기는 청년 자립 공간이라고 떠들어 댔지만 탑골 인디펜던스 라운지의 실체는 또 하나의 거대한 돈놀이 공간이었다. 청년들이 돈을 벌고, 청년들이 돈을 쓰는 곳.

이제 이곳은 청년을 위한 작은 상점들이 장악을 했다. 처음 의도는 청년이 자립할 수 있게 창업을 지원해 준다는 것이었지만, 그 얘긴 결국 약간의 사용료만으로 상점을 내주고 돈 벌어 세금 내라는 것이었다. 청년이 돈을 벌고 청년이 소비하는 청년 공원. 이곳이 주는 분위기는 어두운 늪지대에 형형색색의 놀이터를 지어 놓은 것 같은 음울한 부조화 그 자체였다.

도진도 청년 공간으로 리뉴얼했다는 것은 이미 알고 있었으나, 이곳에는 여전히 노년층들이 많이 눈에 띄었다. 대부분은 청년에 기대어 기생하는 노인들이겠지. 아직은 건강함에 안도하며, 노인 일자리 사업 수당을 받기 위해 거리를 정비하고 청년 상점을 경영하는 20, 30대에게 알바비를 받으며 지라시를 배포하는.

하지만 지언의 말로는, 언론에서 그마저도 탑골의 현재 운영 취지에 맞지 않는다고 지적하고 있고, 탑골을 소비하는 청년들 역시 쾌적한 환경을 해치는 요인이라며 비난하고 있다고 했다. 숙연해진 분위기가 어색해질 즈음, 지언은 무언가 생각이 난 듯 손가락으로 딱소리를 냈다.

"근데 선배, 여기 미미 같지 않아요?"

"탑골이 미미라니…? 술 많이 고프냐, 너."

"들어보세요. 이곳도 전엔 노인들 세상이었는데, 청년들에게 물려줬잖아요. 이제 그 사람들은 설 자리가 없잖아. 미미도 그렇지 않아요? 기버는 리시버에게 자기 삶의 결정체인 밈을 물려주고, 이제 설자리를 잃고 모두 사라졌어요."

기버들은 사라졌다. 적어도 거리에서, 크게는 도시에서 사라져 버렸다.

화려하고 세련된 탑골 인디펜던스 라운지의 앞면들과, 그 이면에서 지친 어깨를 주무르고 있는 50, 60대의 공존. '공원'의 의미가 무엇일까? 공원(公園)은 이제 여러 사람이 공평하게 어울려 지내는 곳이 아니다. 이곳은 주인이 독립투사 영령인지, 평생 일만 하다 꼰대가 된 노인들인지, 아니면 쓰기 위해 돈을 버는 젊은 기계들인지 알수 없는 텅 빈 공원(空園)이 되었다. 점점 더 빨리 채우기 위해 비어가는 인간의 뇌처럼.

쓸쓸한 기분을 채우는 데는 곱창에 소주가 최고라고 했다. 그러나도진은 지언이 제안한 메뉴를 단칼에 잘랐다. 도진은 어릴 때부터비위가 약했다. 결국 그들 앞에는 파전과 막걸리가 놓였다.

"선배님, 제가 한잔 올리지요."

선배님 후배님 어쩌고 할 사이는 아닌데. 하지만 도진은 생각할틈도 없이 지언의 수다에 깊이 빠져들었다. 타고난 매력은 운명을좌우한다. 주거니 받거니 잔을 채우는 사이 자신도 모르게 지언에게끌리고 있었다.

띠리링 전화가 울렸다. 지언의 스마트폰에 '우리 꼰대'라고 떴다.

최 팀장이었다.

"임무 완수! 네, 팀장님! 하하하, 비밀 유지 의무에 대해서도 충분히 이해시켰지요. 사실 그거 없어도 쪽팔려서 말 못 할 거예요, 한 씨네 부녀요. 네, 며칠간은 약간 불편할 수 있다고 말씀은 드렸고요. 거봐요, 잘 할 수 있다니까요! 아! 흑질 채취는 잠든 후에 진행했어요. 이명자 여사 들어올까 봐 심장 떨어지는 줄. 근데 팀장님, 흑질에 대해서는 저한테 언제 말씀해 주실 거예요?"

"이 새끼, 때가 되면 다 얘기해 준다잖아. 기다려!"

최 팀장 쪽의 걸걸한 화답이 도진에게까지 들렸다. 지언은 다른 대답을 기다리는 눈치였지만, 아… 개꼰대 하고 중얼거리며 유쾌하게 전화를 끊었다. 몇 년은 합을 맞춘 사이처럼 다정해 보였다.

"흑질이라면… 안 그래도 궁금했는데 부작용이 중뇌랑 연관 있는 모양이군."

도진이 조심스럽게 의문을 던졌다. 키워드만으로 지언이 움찔한다면 걸려들 가능성이 있는 것이다.

"선배도 알아요? 아, 상품개발 팀이니까 잘 알겠구나!"

예상 외로 지언은 줄줄 읊어 댔다.

"네. 무슨 관련이 있는 것 같아요. 전 문과라 잘은 모르는데 중뇌에 있는 한 기관 같아요. 선배는 뭔가 알고 있죠?"

중뇌라면 잘 안다. 뇌의 한가운데 있어 중뇌라고 불리는 이곳은 부피는 아주 작지만 중요한 신경과 신경 핵 같은 필수적인 구조물들이 집약되어 있다. 특히 흑질은 근육의 긴장과 운동의 조절 기능을 담당한다. 나이가 들면서 이 부분이 변성되면 치매나 파킨슨병에 영향을 준다고 알려져 있는 부위이기도 하다.

아… 파킨슨…?

도진은 파킨슨에서 멈췄다. 스쳐가는 한 장면이 있었다. 얼마 전 결재 서류를 팀장 책상 위에 올려놓다가 우연히 보게 된 서류였다. 중뇌, 흑질, 운동 기능, 퇴행성 질환에 대한 정보였는데 그중에 파킨슨병이라는 단어가 굵게 강조되어 있었다. 그리고 또 강조되어 있던 다른 단어는 처음 보는 것이었는데… 뭐였더라? 매종이라고 했던가. 프랑스어로 '집'이 메종이라고는 알고 있는데. 매종은 오타인가? 굵은 강조뿐 아니라 밑줄도 쳐져 있던데 잘못 썼을 리는 없고.

서류 발신자는 미메시스 연구소라고 적혀 있었다. 갑자기 지난 강연 때 김금희 부소장과 장 대표가 심각하게 대화를 나누던 장면이 겹쳤다. 이 내용을 지언에게 이야기하는 것이 좋을까?

"선배, 표정이 왜 그래? 뭘 알고 있는 거에요?"

"야, 그걸 왜 나한테 물어봐. 너희 팀장이 시킨 일이라며."

"쳇… 궁금해 죽겠네. 뇌과학 전공했다고 잘난 체하는 겁니까?"

도진은 얼버무리며 넘어간 것을 다행이라 여기면서도 막걸리의 찌꺼기를 삼키는 기분이었다. 목구멍에 걸린 이 찝찝함을 넘기고 싶어 지언이 넘치게 따라주는 막걸리 사발을 연거푸 털어넣었다.

이후 대화는 주로 지언이 이끌어 갔다. 시답지 않은 회사 소문들,

최 팀장 뒷담화, 허접직업 당시 에피소드까지. 유쾌하다. 이 녀석의 기운에 빨려 들어간다. 둘은 어느새 부쩍 친해진 모양새가 되었고 호칭도 달라져 있었다. 지언은 꼬인 혀를 풀며 말했다.

"형… 도진이 형! 그런데 형은 어떻게 제노그룹에 입사하게 된 거예여? 형 두고 간… 읍, 끄윽. 하… (트림 냄새가 진동했다) 죄송해요 형… 형 버린 엄마 아버지가 관련된 회산데… 어떻게! 어… 어떻게… 여길 들어올 생각을 했난 말이에요… 혀엉….'"

이 자식, 또 그 얘기야. 이 얘긴 안 나오길 바랐는데.

회사는 모른다. 입사 서류 가족 칸에 두 분 모두 돌아가셨다고 적었기 때문에 아무도 도진의 부모에 관심을 두지 않았다. 하지만 동아리에서 소문난 확성기가 도진의 동기였고, 그 녀석에게 집안 사정을 털어놓은 지 이틀 만에 동아리의 모든 사람들이 알게 되었다. 도진의 아버지가 누구인지, 도진의 어머니가 누구인지. 그래서 이 녀석이 알고 있는 것이다.

"그래. 우리 부모님 미메시스 개발자지. 미메시스 개발을 나 때문에 하셨다고, 인터뷰를 하신 분들이 바로 날 버리고 사라진 그분들이 맞아."

지언은 그 기사를 본 적이 있다고 했다. 최 팀장의 노트북에서 그 기사를 보았고 도진이 여기 다니고 있다는 것도 최 팀장을 통해 알게 되었다고 했다.

'그럼 최 팀장도 알고 있다는 소리네. 쳇, 알 게 뭐람.'

"다 웃기는 소리야."

"…."

"나를 위해 미메시스를 개발했을 리가 없다고."

술에 취한 도진의 입가에 침이 고였다. 뱉어 버리고 싶은 것은 침만이 아니었다.

"그럼 왜 여기 입사했어요? 보통 부모 직업을 따라가는 사람들 보면, 존경하는 아버지를 따라 어쩌고저쩌고 하잖아요. 혹은 부모가 자식을 그 길로 인도하거나."

"존경? 그런 건 모르겠고…. 넌 아침에 출근할 때, 회사 정문 열고 들어올 때 말이야. 무슨 생각하냐?"

"음. 글쎄요…. 뭐, 오늘은 어떤 일이 있을까, 최 팀장이 안 괴롭히면 좋겠다… 이런 생각?"

"나는 매일 출근할 때마다 천재 박사 부부를 생각한다. 그들이 내게 한 행동들을 매일 떠올려. 그러면서 처음의 결심을 다시 떠올리는 거야. 그 분노와 증오가 차곡차곡 쌓이면 그게 연료가 되어 주지. 나는 그분들에게 감사해. 나를 이런 증오덩어리로 만들어 줘서."

"처음의 결심? 그게 뭔데요?"

S대 생명공학과 입학 통지서를 받고 집을 떠나오던 밤, 도진은 결심했다. 보여 주겠다고. 미미 없이도 성공하는 모습을 보여 주겠다고. 그들의 대저택 마당에 그들이 지금까지 본 적도 없는 진귀한 황금열매가 자라고 있었다는 걸, 그들만 모르고 있었다는 것을.

부부는 도진을 찾지 않았다. 어느 대학에 진학했는지도 알 것인데, 학교로도 연락이 없었다. 오기가 생겼다. 언제까지 도진을 찾지 않을지 궁금해졌다. 그러다 도진의 엄마 오율아 박사가 돌연 사라졌다는 기사를 접했다. 장도섭 대표의 제노그룹 취임 1년 전이었다. 그녀의 연구 파트너이자 남편이며 도진의 아버지인 성중철 박사도 함께 사라졌다고 했다. 그 당시 스물두 살이던 도진은 집을 떠나온 지 2년 만에 "천재 부부 사라지다"라는 기사의 진위를 확인하기 위해 집에 돌아왔다. 그러나 저택의 문은 낯선 집주인이 열어 주었고 전에 살던 사람에 대해서는 다른 데서 알아보시라는 답만 들었다.

젊은 객기로 집을 나오긴 했지만 기숙사 생활도 점점 힘들어졌다. 들고 나왔던 통장 잔고가 비면 몇 백 만 원씩 채워지더니 부모님이 사라지고 난 뒤부터 돈도 들어오지 않았다. 돈이 계속 들어왔더라면 그 집을 찾아가지 않았을지도 모른다. 부모를 떠난다고 했으면서도 완전한 독립에는 돈이 든다는 걸 몰랐던 어수룩함과, 고집은 부리면서도 돈은 받아 쓰는 비겁함이 부끄러웠지만 혼자 학비와 생활비를 감당해야 하는 고된 생활 속에서 그 감정은 다시 부모에 대한 원망으로 변해 갔다. 결국 미미 없이도 성공하겠다는 도진의 결심은 미미 없이도 제노그룹에 입사하는 것으로 하향 조정되었지만 그 원망과 피해의식은 변하지 않았다.

도진은 지언을 향해 부러 웃어 보였다. 하지만 그 웃음이 자연스럽지 않음을 스스로 느꼈다. 더 물어봐 주었으면 좋겠다. 침묵이 생기지 않게, 우울함에 휩싸인 고요가 도진을 덮치지 않게 말이다.

"지금도 연락 안 해요…?"

대답 없는 도진에게 지언은 다른 질문을 던졌다.

"가끔… 연락 와. 내 회사 메일로."

도진에게는 원치 않는 메일이 온다. 한 달에 한 번, 혹은 두 달에 한 번씩. 오율아라는 어머니 이름이 아닌 '하늘정원'이라는 닉네임으로 오는 메일에는 도진의 어릴 적 추억이 적혀 있었다. 하지만 그것은 도진과는 다른 기억. 그녀의 이야기는 도진의 추억이 아니다.

"도진이는 잔소리가 필요하지 않은 아이예요. 항상 스스로 알아서 하니까요."

여러 사람이 모이는 자리의 단골 멘트. 분위기를 풀어 보려 한 의례적인 칭찬에 어머니는 겸손을 떨며 손사래를 치기는커녕, 이 말로 대부분을 주눅 들게 했다. 맞는 말이긴 했다. 만약 관찰 카메라를 집에 설치해 뒀다면, 집에서는 어떤 잔소리도 꾸짖음도 목격되지 않았을 것이다. 하지만….

하지만 도진의 시선에서 본 카메라는 다른 것을 추억한다. 그녀의 눈빛. 실수하거나 실패를 할 때마다 싸늘하게 식어 가던 그 눈빛. 1등을 놓쳤거나, 과학경진대회에서 수상하지 못했다는 소식을 들을 때 촉촉하던 동공이 사막 한가운데 위태롭게 선 선인장 가시들처럼 날카로워졌다. 물론 말은 하지 않았다. 입꼬리가 내려간 채로 한참을 침묵하면, 도진은 '알아서' 다짐을 했다. 다음번엔 잘할게요. 이런 일은 다시 없을 거에요. 엄마. 용서해 주세요.

그녀는 도진을 한 번도 옥죄지 않았다. 친구들은 학원 하나도 스스로 고를 수 없는 것이 감옥 같다고 했지만 오 박사는 한 번도 도진을 감옥에 가둬 두지 않았다. 그러나 도진은 언제나 감옥이었다. 어머니의 우수함과 아버지의 자상함이라는 양날의 감옥.

하지만 어머니는 전혀 다른 방식으로 도진을 기억했고, 그것을 매번 하나씩 메일에 적어 보냈다. 메일을 열어 볼 때마다 도진은 유년 시절의 기억을 하나씩 꺼내어 잘근잘근 해체시켰다. 혹시나 했던 기대는 언제나 어긋난 채로 메일 창을 닫았지만, 그럼에도 불구하고 도진은 다음 메일을 기다렸다.

왜 어머니 아버지는 아무것도 알리지 않고 떠났을까? 도진은 자신이 부모를 버린 것은 정당하다고 여기면서도, 부모가 자신을 버린 것일 수도 있다는 생각은 부인하고 싶었다.

'나는 그럴 만한 이유가 있었어. 하지만 그들이 날 버릴 이유가 뭐란 말이야!'

제노그룹에 입사를 한 직후부터 메일이 오기 시작했다. 그러나 도진은 한 번도 답장을 쓴 적이 없다. 어머니는 잘 지내십니까, 그때 왜 날 버리셨습니까. 아버지는 건강하신가요, 그런데 그때 왜 날 버리셨습니까. 이런 꼴사나운 답장이 될까 봐.

"내 얘기는 그만하지."

도진은 지언을 멈춰 세웠다.

"막걸리보단 맥주가 낫겠다."

"혀엉, 내일 머리 깨질 텐데….."

"상관없어."

맥주 두 잔에 노가리 하나. 도진도 지언에게 궁금한 것이 많았다. 어떤 부모에게서 컸을지, 자신과는 다른 어떤 환경이 지금의 질투를 만든 것인지 알고 싶었다. 다행히 도진이 질문하지 않아도 맥주잔을 들어 부딪혀 주면 술술 자기 얘기를 풀어 냈다.

지언은 아버지를 추억했다. 아버지는 오래전에 뇌경색으로 쓰러져 오랫동안 엄마를 괴롭히며 병상을 지키다 가셨다고 했다. 지언은 술에 절은 혀의 침을 츄릅 끌어올리며 말했다.

"아버지요? 아버지 자신은 쓰레기 같은 인생을 살면서 나한테는 고귀한 인생을 살라며 괴롭혔어요. 본인의 삶과 괴리된 철학이 무슨 의미가 있나요? 그걸 자식에게 들이민다고 자식이 그대로 살아지나요? 만날 흐르는 대로 살래…. 어흐… 지가 노자야?"

난 그냥 질질 싸고 살란다, 하는 말을 남기고 지언은 화장실로 향했다. 말은 저렇게 하지만 도진은 왠지 지언 아버지가 좋은 사람이었을 거라는 인상을 받았다. 화장실 변기가 막히도록 속을 비워 내며 한 지언의 말 때문이었다.

"아… 젠장… 더러워…. 근데 왜 여기 아버지 얼굴이 보이냐…. 나 아홉 살 때… 제대로 급체를 했는데… 아버지가 나를 업고 병원까지 두 정거장을 뛰어가요…. 근데 너무 흔들려서… 내가 아버지 옷에다가 다 쏟아 냈는데… 으억…. 냄새가 냄새가… 엄청 났대요. 그런데 아버지… 내 토사물을 다 뒤집어쓰고도 아침까지… 내가 아버지 손을 놓지 않아서… 갈 수가 없었대. 아침까지 그냥… 그 냄새나는 옷을 입고 내 옆에 있었대요….”

지언 아버지가 지언에게 남긴 것은 본인의 삶과 괴리된 철학보다 더 진하게 밴 토사물 냄새일 것이라고 도진은 생각했다. 그리고 지언이 유발하는 질투의 근거지를 조금은 알게 되었다.

또 하나. 지언에게는 지킬 사람이 있다는 것도 알게 되었다. 바로 어머니였다. 그녀는 현재 안성의 한 요양병원에서 요양보호사로 일하며 그곳에서 지내고 있다고 했다. 아버지를 간병하다가 베테랑이 되셨고 아버지가 돌아가신 후 바로 자격증을 따셨다고. 어머니의 이야기를 할 때 지언은 도진과 시선을 마주하지 못했다. 평생 무거운 책을 나르고도 지금까지 일할 수밖에 없는 비루한 현실, 함께 지내지 못하는 데 대한 미안함이 가득한 눈을 보여 주고 싶지 않았을 것이다. 대신 지언은 창문 너머 빌딩숲에 가려진 검푸른 색 하늘을 멀겋게 바라보았다.

피맛골 골목을 나섰다. 주차장으로 돌아가는 길은 밤이 되니 가판들이 즐비해 있다. 전부 20대에서 40대 사이의 주인장들이다. 서로 목소리를 높여 호객 행위를 하지만, 노련미는 없다. 미미를 구입할 만큼의 자본이 없어서 매일 도전하고 도전하는 사람들. 이들은 매일 다른 시도를 할 것이다. 매일 다른 방법을 고민하고 적용할 것이다.

도진은 미미를 가진 자들과 미미를 가지지 못한 자들 사이에는 저 작은 가판이 버티고 있는 거라고 생각했다.

다음 날 아침 책상 위에 숙취 해소 음료가 놓여 있었다. 도진은 자리에 앉아 지언에게 고맙다는 문자를 전송했다. 머리가 띵하고 아프지만, 홀가분한 기분이 드는 아침이었다.

그때였다.

"성도진 씨, 대표님이 부르시네. 어서 가 봐."

팀장이 얼굴을 파티션 안으로 깊숙이 숙여 도진에게 속삭였다. 그는 부루퉁한 얼굴을 하고 있었다.

"대표님이 저를요? 왜요?"

팀장은 어깨를 으쓱하며 자리로 돌아갔다. 장도섭 대표는 우리 팀장도 잘 부르지 않고 측근들과만 커뮤니케이션하는 편이라고 들었는데. 도진은 바짝 마른 입술에 침을 바르고 대표실로 들어갔다.

비서의 까맣고 긴 속눈썹이 여러 번 깜박거렸다.

"아직 손님이 있어서요, 잠시만 앉아서 기다리시겠습니까?"

푹신한 소파에 엉덩이만 살짝 걸치고 앉았다. 긴장이 온몸을 찔러 어제 먹은 술이 다시 올라오는 느낌이다. 도진은 눈을 감고 잠시 숙취 해소 음료의 능력을 믿어 보기로 한다. 후우. 제노그룹에 입사한 후 도진은 장도섭 대표를 지켜봐 왔다. 혜성같이 나타나 제노그룹을 살려 냈다고는 하지만, 밈 추출 방법의 대발견과 미미로의 상품 전환 단계 사이에서 분명 부모님과 어떤 식으로든 관계가 있을 것이었다. 그들은 어떤 관계였을까? 부모님이 먼지처럼 사라진 배경에 장 대표도 있는 것일까? 하지만 회사를 다닐수록 이런 의문은 무뎌졌다. 국내 유일의 과학자 출신 전문 CEO. 제노그룹은 장 대표 자체에 브랜드 가치를 부여하지는 않지만, 장 대표 스스로가 흔치 않은 스토리를 가지고 있었기 때문에 직원들은 그를 존경했고, 5차 산업혁명과 미래의 지식문화산업을 동시에 이끌 국가적 리더라고 칭송하기도 했다. 도진 또한 이런 분위기에 휩쓸렸던 것이다.

속이 조금 진정되자 도진의 귀에 낯익은 용어가 들려왔다. 웅… 어… 아…로 들리다가 한 번씩 톡 튀어나온 것은 바로 어제 지언과의 대화에서 떠올렸던, 그전에도 도진의 머릿속에 오랜 잔상으로 남아 있던 서류의 한 페이지였다.

매종.

매종이라고 했다. 그 뒤로는 또 다시 웅… 오… 어…로 바뀌었지만, 도진은 분명히 들었다. 매종. 불어로 *maison*, 메종은 집이라는 뜻의 단어이지만, 메종이라 쓰이지 않고 '매종'이라고 쓰여 있었던 바로 그 단어. 흑질과 '집'처럼 보이는 이 단어가 무슨 관련이 있을 수 있는지는 아무리 생각해도 연결이 되지 않았다.

도진은 용기를 내어 소파에서 일어났다. 대표님을 만나기 전 긴장을 푸는 풋풋한 사원 시늉을 하며 왔다 갔다 했다. 대여섯 걸음 대표실 문 앞으로 다가가니 소리가 조금은 또렷해졌다.

"우리 연구소에서 준비가… 거의….."

"핵심은… 5, 60….."

"실버타운… 최대한 많이….."

장 대표의 목소리는 자신감이 넘쳤지만 상대의 목소리는 작고 조심스러웠다. 뒤로 갈수록 장 대표는 더욱 과장된 목소리로 "걱정 말고 국회 입성 준비나 하시라"고 했다. 분위기가 묘했다. 평소의 중후한 CEO가 아니라, 당장의 실적을 위해 어떤 말도 서슴지 않는 간교한 영업맨 같은 느낌이었다. 도진은 곧 닥칠 장 대표와의 만남에 대한 궁금증보다 어제 가졌던 미미에 대한 의문이 더 커지는 걸 느끼며 새삼 자신에게 놀랐다.

인사를 나누는 소리에 급히 소파로 돌아가자 곧 문이 열리고 한 중년 남자가 밖으로 나왔다. 대표는 문 밖까지 그를 따라 나와 정중히 허리를 굽혀 인사를 했다. 비서는 급히 전화를 돌려 차를 대기시키고, 그 남자가 대표와 인사를 하는 동안 복도로 뛰어나가 엘리베이터 버튼을 눌렀다. 모든 것이 일사불란했다.

도대체 누군데 저래. 도진은 문 뒤에 가려 대표에게 자신이 보이지 않는 것에 안도하면서도 궁금함을 참을 수 없었다. 장 대표가 대표실로 들어간 후 비서가 돌아와 도진이 도착했다고 알리는 콜을 넣을 때, 도진은 비서 옆자리 큼지막한 스케줄 표에서 '보건복지부 정책보좌관'이라는 단어를 보았다.

장도섭 대표는 책상에 앉아 고개를 천천히 들며 도진을 반겼다.

"어서 오세요. 성도진 씨."

그는 검고 육중한 소파로 도진을 인도하며 악수를 청했다. 대표의 손은 차고 축축했다. 도진은 대표와 악수한 손을 닦아 내고 싶다는 생각을 하며 양손을 맞잡았다.

"이번에 성도진 씨가 참여한 신제품 반응이 굉장히 좋다고요?"

"아, 네네. 신경 써 주신 덕분에 잘 만들어진 것 같습니다."

"하하, 내가 한 게 뭐 있나. 다 도진 씨가 유능해서 그렇지요."

대표는 두 손을 깍지 끼고 도진에게 몸을 가까이 하며 좀 더 느린 말투로 이어갔다. 본론이다.

"내가 얼마 전에 아주 반가운 사실을 알게 됐어요. 성도진 씨가 그렇게 귀한 분인지 미처 몰랐어요. 왜 입사할 때 그 얘길 하지 않았어요? 성중철 박사와 오율아 박사의 유일한 혈육인지."

도진은 축축한 손아귀가 그의 목으로 조여들어오는 것처럼 숨이 턱 막히는 기분이었다.

"아… 일부러 숨긴 건 아니었고요. 굳이 밝히지 않았을 뿐입니다."

"뭐, 그건 상관없습니다. 중요한 건 두 분의 아드님이 지금 제 앞에 있다는 것이지요. 정말 영광입니다! 미메시스는 두 박사님이 없었다면 세상에 나올 수 없었어요. 위대한 뇌신경과학자이자 놀라운 비즈니스 감각까지 갖춘 분들이었어요. 제가 정말 존경합니다."

그는 도진을 향해 고개를 숙여 존경을 표시했다.

"건강하시지요? 두 분은 어떻게 지내고 계세요?"

이 질문은 나오지 않기를 바랐지만 피할 수 없을 거라 생각했다.

"네. 건강하실 거라… 아, 건강하십니다."

두 박사에 대한 근황 질문이 몇 번 더 왔지만, 도진은 거짓말에는 미숙한 편이었다. 머뭇거리는 도진의 표정과 끝맺지 못한 문장은 도진이 부모에 대해 아는 것이 없다는 걸 알려 주기에 충분했다. 장 대표는 더 이어지지 않는 도진의 대답을 한동안 더 지켜보았다. 부모와 연을 끊고 지낸다는 것을 장 대표가 눈치챈 것 같다. 그런데 도리어 안도하는 얼굴인 건 어떤 이유일까?

장 대표의 책상 위에는 뇌 모형이 놓여 있었다.

"도진 씨, 대학원에서 뇌과학을 전공했다고 했죠? 그럼 뇌를 잘 아시겠네."

"네, 이 일이 제 적성에 잘 맞는 것 같습니다."

"다행이네요. 아무렴, 부모가 탁월한 뇌과학자인데 여부가 있을까. 나도 뇌를 정말 사랑해요. 뇌는 거짓말을 하지 않아. 뇌를 보면 그 사람을 전부 알 수 있거든. 그런데 정말 재미있는 뇌의 주인이 누구인지 알아요? 바로 엄마의 뇌야. 엄마… 엄마가 되면서부터, 여자의 뇌는 변하기 시작해요. 물론 몸도 변하지, 아이의 생명 유지를 위해 자원을 공급하기 쉬운 쪽으로 뇌가 조종을 해 주니까. 그런데 특히 재미있는 부분은… 중뇌야 중뇌…."

도진은 심장이 뛰기 시작했다. 끝나지 않는 엄마 이야기에, 그리고 중뇌라는 말에. 왜 요즘 도진에게 이런 키워드들이 툭툭 끼어드는 걸까. 장 대표는 상체를 숙여 더 낮은 음성으로 말을 이었다.

"자기 아이를 특별하다, 아름답다, 완벽하다 생각하는 엄마는 그렇지 않은 여자보다 중뇌 부분이 눈에 띄게 커진대요. 아이에 대한 사랑의 크기만큼 중뇌가 커진다는 거야. 참… 신기한 부위야. 자식에 대한 사랑의 척도라니."

장 대표는 도진에게 더 바짝 다가왔다. 이제 도진의 긴장감을 그도 알아챌 만큼 가까운 거리였다.

"이렇게 멋진 아들을 둔 오율아 박사님은 중뇌가 엄청 컸을 거야. 오율아 박사의 중뇌… 어떨까…? 오율아 박사가 무척 보고 싶어지네요. 가능한 한 아주 빨리."

// 하늘정원

지언은 요양원으로 갈 준비를 하고 있었다. 챙길 것이 많았다. 그곳에서 처리해야 할 용무가 두 가지나 있기 때문이었다.

하나는 업무였다. 지난 주 고객 센터에서 넘어온 건인데 지금까지 지언이 처리했던 미미 부작용 사건과는 양상이 조금 달랐다. 지금까지는 고객 한 명에게 발생한 문제로 그 당사자가 연락을 취해 왔다. 아무래도 미미 이식술을 비밀로 하고 싶어 하는 고객이 많다 보니, 개인과 일대일로 대응하는 경우가 대부분이었다. 그런데 이번엔 다구리다! 이름을 따로 받아 적을 수도 없을 만큼 많다고 했다. 그리고 콕 집어 지언이 와 주기를 요청했다고 한다.

"조현진 사회복지사…?"

다수의 기버를 보호하고 있다는 말을 꼭 전해 달라고 했다는데. 하지만 기버는 엄밀히 말해 우리 고객이 아니다. 밈을 빼 주고 그 밈의 값을 받는 재료로 취급된다. 그 값이 웬만한 중형차 한 대는 치를 수 있을 정도라, 기버들도 다른 말없이 조용할 수 있는 것이다.

게다가 기버들의 인적 사항이나 밈 정보는 극비로 관리되고 있어 조현진 사회복지사가 하는 얘기가 진짜인지 아닌지는 확인할 수 없다. 지언의 팀처럼 변두리 지원 부서는 기버에 대한 기밀 문서를 열람할 아이디조차도 없다.

이런 상황에서 꼭 가야 하는가? 지금까지의 부작용 사례들은 모두 리시버들에게 생긴 것이었고, 기버의 문제는 얘기는 최 팀장에게도 듣지 못했었다. 하지만 지언은 가기로 결정했다. 하나도 아니고 여럿이라는데, 하다못해 들어보기라도 해야 하지 않겠는가.

그런데 그녀가 와 달라고 한 그곳은 공교롭게도 엄마가 일하고 있는 요양원이었다. 우연이라고 하기엔 너무 유용한 인연 아닌가. 한동안 찾아뵙지 못한 죄책감도 덜고, 고객 상담도 하고. 엄마가 좋아하는 말린 노가리도 갖다 드리고, 실제로 궁금했던 기버들도 만나보고. 일타이피도 이런 땡큐가.

지언은 잠자코 사무실을 걸어 나왔다. 혼자 하는 일이므로 이제 곱 대리와 과장들 눈치도 보지 않는다. 어차피 상관도 하지 않을 테고. 최 팀장은 아직 출근 전인가 보다. 요즘 거의 외근이다. 무슨 일 때문에 그렇게 바쁜지 메일 확인도 안 하고 문자도 거의 씹는다. 정말 청소차로 뽑힌 건가. 언젠가 담판을 지으리라 결심하며 지언은 서둘러 사무실을 나섰다.

띠링.

지언, 잠깐 나 좀 봐. 할 말이 있어.

도진에게서 온 문자는 외면할 수가 없다. 요즘 부쩍 지언에게 친한 척을 해대는 이 부담스러운 선배는 또 가끔 약한 모습을 보여 챙겨 주고 싶은 마음이 드는 옴므파탈이다. 지언은 로비에서 도진을 만나기로 했다.

"매종에 대해 좀 찾아봤어. 사내 자료는 전혀 검색이 안 돼. 내가 분명히 팀장 책상에서 봤는데 말이야. 검색이 되는 건 이것뿐인데."

도진은 스마트폰을 열어 매종을 입력하고 검색을 눌렀다. 네이버 국어사전이 가장 먼저 떴다.

매종(昧踪) [명사] 자취를 감춤

"네이버 사전에 달랑 한 가지 뜻만 적히기는 어려운데."

지언은 시큰둥하게 대답했다.

"그건 나도 다 찾아봤던 거예요."

쳇, 매종, 매종. 며칠 동안 입에 달고 살더니 결국 찾아낸 게 아무것도 없다는 거다.

"도대체 뭔지 모르겠어. 분명 내가 그 방 앞에서 들었다고. 그리고 음흉스럽게 엄마 얘기까지 꺼냈거든. 궁금해 미칠 거 같아!"

약속 시간에 늦지 않으려면 지금 출발해야 한다. 지언은 서류 가방과 노가리 쇼핑백을 보여 주며 서둘렀다.

"선배! 나 지금 외근 가요. 나중에 다시 얘기해요!"

일어서려는 찰나, 지언의 눈에 띈 것은 저쪽에서 달려오는 최 팀장이었다. 매일 입는 단벌 양복의 무릎이 하얗게 튀어나와 있었다.

"심지언. 나랑 어디 좀 가야겠다 너."

최 팀장은 지언에게 말한 후 앞에 앉은 도진을 보았다. 그러고는 너무나 당연하다는 듯이 턱으로 도진을 가리켰다가 휙 돌아서 버렸다. 도진 선배도 나오라는 말인가? 그러나 최 팀장은 물어볼 새도 없이 바쁜 엉덩이로 로비 문을 향했다.

"나도 가자는 거야? 뭔데? 내가 왜?"

"모르지요. 낸들 알아요?"

지언은 뒷목을 긁적거렸다.

"아! 얼마 전에 선배가 매종 얘기 처음 했을 때 최 팀장한테 아는 거 있는지 물어봤었는데 최 팀장이 곧 때가 어쩌고 하면서 중얼거렸었는데. 그냥 같이 가요. 사우나를 가게 되더라도… 혹시 알아요? 살살 물어보면 술술 읊어댈지."

지언은 엉거주춤 서 있는 도진의 팔을 끌고 나왔다. 최 팀장은 이미 차를 대기 중이었다. 지언은 노가리를 담은 쇼핑백을 안고 뒷좌석으로 몸을 날렸다. 비릿한 노가리 향이 차 안으로 퍼졌다. 다행히 도진은 코를 막지 않았다.

"어딜 가는 거예요?"

"가 보면 알아."

대답 안 하는 병에 걸렸나. 지언은 한 번도 제대로 대답해 주지 않는 최 팀장의 뒤통수를 손날 찌르기로 가격하고 싶은 충동에 시달렸다. 익숙하게 운전하는 것을 보니 자주 가던 곳이다.

고속도로에 들어서자 최 팀장은 AI 드라이버 모드로 바꾼 후 노트북을 열어 뉴스 영상을 틀었다. 뉴스에서는 보건복지부의 정책 브리핑이 방송되고 있었다. 실시간 영상은 아니고 아마 조금 전에 찍었던 내용을 다시 보여 주는 것 같았다. 하단 자막에는 '치매국가책임제 정책 개선안 발표'라고 적혀 있었다.

대한민국은 2026년에 이미 65세 이상 고령 인구가 전체 인구의 20퍼센트를 넘는 초고령화 국가로 들어섰습니다. 출산율은 2000년대 들어 꾸준히 줄어들다가 현재는 0.5 수준을 유지하고 있으나 고령 인구는 대폭 늘어 올해로 30퍼센트에 육박하고 있습니다. 이처럼 국가의 주요한 인구 구성원이 된 고령 인구에 대해 정부는 꾸준한 복지 정책을 펼쳐 왔습니다.

고령 인구가 늘어남에 따라 치매 인구도 기하급수적으로 늘고 있습니다. 정부는 이미 2017년부터 치매국가책임제를 도입하여 치매 노인과 그 가족에 대한 지원 정책을 꾸준히 시행해 오고 있습니다만, 치매로 고통 받는 당사자와 가족을 생각하면 거기에 멈춰 있을 수가 없었습니다.

이에 대한민국 정부는 2040년 9월, '치매국가종신제'를 시작하고자 합니다.

지언과 도진은 보건복지부 대변인이라는 자막 위에서 누구의 생각인지 모를 원고를 줄줄이 읽어 대는 공무원을 넋 놓고 바라보았다. '치매국가종신제'의 요지는 이것이다. 치매 예방 및 의료 지원, 장기 요양 등의 경제적 비용 경감을 목적으로 시행되던 기존 '치매국가책임제'의 운영 수준에서 벗어나 이제는 국가가 끝까지 책임지는 모습을 보이겠다는 내용이 골자이다. 세부 운영 방안은 국민들의 의견을 수렴하여 추후 공표를 하겠다는 마무리 멘트를 다 듣기도 전에 최 팀장은 영상을 멈추며 등을 돌려 지언과 도진을 향해 물었다.

"너희들, 이게 뭔 소리 같냐?"

"글쎄요…. 말 그대로 치매 인구를 국가가 책임지겠다, 죽을 때까지. 그거 아닌가요?"

"생각보다 제정신으로 사는 사람 없어. 그리고 그중에 80프로는 나랏일 하는 새끼들이야. 책임지겠단다. 그것도, 죽을 때까지."

어리둥절한 지언과 도진은 백미러에 비친 최 팀장의 번뜩이는 눈빛을 놓치지 않았다. 이 눈빛이라면 무슨 떼를 써도 최 팀장이 속 시원히 답해 주지 않을 것이라고 직감하고는 지언은 더 묻지 않았다. 경부고속도로를 달리던 최 팀장의 차가 들어서는 곳은 안성 IC 삼거리였다. 지언은 '장호원, 안성 방면' 이정표를 보고 놀라 말했다.

"어? 여기 엄마 요양원 가는 길인데?"

요양원이 보인다. 공교롭게도 지언이 원래 목적지로 삼았던 곳에 시간 맞춰 도착한 것이다. 하지만 생각지도 못한 동행이 두 명이나 되었다. 최 팀장과 도진 선배. 어떻게 이 둘과 함께 오게 된 건지, 그걸 확인하는 게 먼저다.

이곳은 하늘정원요양원이다. 여기 처음 온 날, 5층짜리 하늘색 건물에 파란색으로 쓰인 '하늘정원요양원' 간판을 보며 엄마는 파란색 페인트가 군데군데 벗겨진 것이 천국헌책방 같다며 고향에 온 느낌이라고 했다. 그리고 통화할 때마다 청계천 상인들만큼이나 요양원 사람들이 좋다고 하셨다. 엄마는 몰라보게 밝아졌다. 아버지를 직접 간병할 때 제 손으로 아버지의 끊어진 숨을 확인하고 의료진에게 전화를 넣었다며 마음이 후련하다고 말하던, 엄마의 음울한 톤을 요새는 상상할 수 없을 정도로.

정문 앞에 남색 정장을 입은 여성이 그들을 기다리고 있었다. 그녀는 최 팀장에게 악수를 청했다.

"최 팀장님, 오랜만에 뵙네요. 저 기억하시죠. 조현진입니다."

"네, 복지사님. 그동안 고생 많으셨습니다. 제가 참… 면목이 없습니다."

그녀는 최 팀장의 손을 오랫동안 놓지 않았다. 그들 사이에 긴장과 안도가 공존하는 느낌이었다. 자신이 만나기로 한 조현진 복지사 앞에서, 지언은 이미 찾은 명함을 내밀지도 다시 넣지도 못한 채 서 있었다. 그녀는 이번엔 도진에게 다가갔다.

"성도진 씨죠. 안녕하세요. 잘 오셨습니다."

도진은 어리둥절한 표정 속에 불안함을 감추지 못했다.

"저, 저를… 아세요?"

조 복지사는 최 팀장과 한 번 눈을 마주치고는 대답했다.

"네. 잘 알고 있습니다. 도진 씨를 오랫동안 기다려 왔어요."

조 복지사는 단정하고 친절했다. 함께 있는 사람이 누구든 분위기를 편안하게 만들 수 있는 부드러운 카리스마를 가진 사람이었다. 그녀는 지언과도 인사를 마친 후 요양원 안쪽으로 안내하며 성문을 여는 문지기처럼 말했다.

"보셔야 할 것이 있습니다. 그리고 만나셔야 할 분도… 있고요."

그녀는 그들을 엘리베이터로 안내했다. 4층에서 문이 열리자, 줄지어 선 요양 병실이 나타났다. 간호보조사들의 슬리퍼 끄는 소리, 약물과 환자의 체취가 뒤섞인 특유의 병실 냄새가 코를 찔렀다. 조명은 환하지만 어딘가 어두운 구석이 숨어 있을 것 같은, 쾌유에 대한 희망보다 죽음에 더 근접한 분위기가 어쩔 수 없이 배어 있는 곳이 요양병원이지만, 이곳은 왠지 더 적막했고 음산했다.

무엇 때문일까? 환자가 보이지 않았다. 휠체어를 탄 환자도, 링거를 끌고 걸어 다니는 환자도, 로비 의자에 앉아 TV를 보는 환자도 없었다. 곧 병실에 이르자 그 이유를 알 수 있었다.

"환자들이… 모두… 중환자들인가요?"

지언은 물었다. 여섯 개의 침상에 여섯 명의 환자들이 모두 미동도 표정도 없는 똑같은 자세로 천장을 바라보며 누워 있었다. 한 번씩 입술을 움직여 오물오물하기도 하고, 손가락을 꼬물거리기도 했지만 거의 움직이지 않았다. 그래, 죽은 듯이 보였다.

앞서던 조 복지사는 뒤로 돌아 그들을 바라보고 섰다.

"모두 파킨슨병입니다."

"파…킨슨요?"

놀라서 물은 건 도진이었다.

"그래요. 파킨슨병. 머리는 살아 있는데 몸이 먼저 죽어 가는 병. 여러분들은 아마 모르실 거예요. 그게 얼마나 괴로운지. 나는 함께 했던 모든 사람들과의 모든 순간을 기억하는데 그들은 점점 나를 잊어 가고 있다는 걸 매 순간 깨닫는 기분."

조 복지사의 눈에 가는 핏줄이 보였다. 그래서 아무도 다음 질문을 하지 못했다. 이어서 대답을 해 준 것은 최 팀장이었다. 최 팀장은 한 침상 옆으로 다가갔다. 하얀 머리카락이 몇 가닥 남지 않은 여성 환자는 위관영양을 차고 있었고, 발치 아래 반쯤 찬 배변 주머니도 보였다. 눈동자만 굴려 살아 있음을 표시하는 환자를 내려다보던 최 팀장이 가만히 환자의 손을 잡았다.

"이 병실의 모든 환자들, 이 층의 모든 환자들이 파킨슨병이야."

"네?"

"모두 같은 병. 신종 파킨슨병. 그럼 이들의 공통점은 뭘까?"

"…."

"이곳 401호 환자들은 모두 구미에 있는 작은 전문학교의 교수들이었어. 인구가 주니까 당연히 학생이 줄지. 그러니까 없어지는 학교가 생기지 않겠어? 평생 공부만 하던 분들이 갑자기 백수가 된 거야. 어디 가서 비벼 볼 융통성도 없는 사람들이었지. 그렇게 짐을 싸고 있을 때 영업맨들이 들이닥쳤지. 지금은 미메시스 연구소의 요직에 앉아 있는 사람들. 장 대표, 김금희 부소장, 그리고 임원들. 이들은 모두 같은 대학원 동기였어. 미메시스 기술을 가지고 투자를 유치한 후에, 기버들을 모집하기 위해 직접 뛰던 시절이었을 거야. 교수실에 허망하게 앉아 시간을 죽이고 있는 이들을 찾아와 거액의 돈을 건네며 밈 추출을 제시했겠지. 가족들에게 돈을 갖다 줘야 했을 거야. 퇴직금도 모두 박살났을 텐데, 큰돈에 혹했을 거고…. 이제는 쓸모없는 지식들, 기술들을 돈으로 바꿔 보자고 생각했겠지."

병실엔 간병인도 없었다. 가만히 누워 있는 그들은 마치 식물인간 상태와도 같아 보였다. 최 팀장은 천천히 발걸음을 돌려 침대 앞으로 가까이 다가가 환자들을 둘러보다 한 곳에 멈춰 섰다.

"이분이신가요…."

담요 아래로 삐죽이 드러난 발은 검게 죽어 있었지만, 발톱은 오늘 아침에 매만진 듯 깔끔하게 다듬어져 있었다. 침대 아래쪽 팻말에는 '성명: 안윤의, 보호자: 조현진'이라고 적혀 있었다.

"네, 저희 아버지입니다."

조현진 사회복지사의 아버지, 안윤의 교수는 철학과 교수였다고 했다. 재직 중이던 학교가 폐교를 하게 되고, 이직을 할 만한 학교들도 대부분 학생은 줄어들고 교수만 넘쳐나는 수요-공급의 불균형을 겪는 터라 향방을 정하지 못하고 텅 빈 캠퍼스에서 서성이고 있을 때 그들을 만났다.

"저는 그저 사전연명의료의향서 같은 거라 생각했어요. 이런 끔찍한 것일지는 생각지도 못했어요. 하필 제 결혼 이야기가 오갈 때였어요. 평생 학자로 살다가, 갑자기 생계 불안이 닥쳐오니… 두말없이 동의한 거죠. 그런데… 결혼식 날. 전 몰랐어요. 신부 입장을 하는데 아버지가 자꾸 앞으로 넘어지려고 하는 거예요. 말도 어눌하고 표정도 어색해서 결혼식 분위기 망쳤다고 제가 짜증을 많이 냈어요…. 그게 초기 증상인지도 모르고…."

조 복지사는 결국 눈물을 터뜨렸다. 자식에게 털끝만큼의 의존도 죄악시되는 시대 상황이 안윤의 교수를 미메시스로 내몬 것이라고 조 복지사는 말했다. 그리고는 핸드폰을 꺼내 뭔가를 찾더니 메모 어플에 적힌 문장을 보여 주었다.

"신체 기능이 완전히 정지되기 전에, 움직이지도 않는 손가락을 뻗어서 겨우 남긴… 유언이에요."

하얀 화면이 어렵게 눌러 적은 힘겨운 한마디를 토해 냈다.

현진아. 머리 판 돈으로 병원비 해라. 빚 내지 말고.

조 복지사는 아랫입술을 깨무느라 말을 잇지 못했다. 말을 이어 간 것은 최 팀장이었다.

"이건 신종 파킨슨병이야. 일반적으로 파킨슨은 8년에서 10년에 걸쳐 서서히 증상이 악화되지. 그렇지만 이 사람들이 이렇게 되기까지는 딱 5년. 5년밖에 걸리지 않았어. 모두 동일한 시기에 발병해 경과도 거의 같았고. 약을 써도 진행이 느려지지 않아. 레보도파(파킨슨 증상을 지연시키는 데 이용되는 도파민 제재-저자 주)가 안 듣는다고 봐야 할 정도지. 그래서 우리도… 거의 지켜만 보고 있었어. 그럴 수밖에… 없었고."

안타까운 이야기는 계속되었다. 요양원의 반 이상이 이와 같은 신종 파킨슨병이고, 이런 증상이 있는 사람들을 찾아 여기로 데려왔다고 했다. 요양원 네트워크를 총동원하여 진행이 유독 빠르고 약이 듣지 않는 환자들을 수소문했고, 그들의 가족을 일일이 찾아가 하늘정원으로 옮겨 오도록 권유했다고 했다. 대부분의 가족들이 쉽게 수락했다고 하며 최 팀장이 덧붙였다.

"어차피 어디든 상관없을 거야. 자주 찾아오지도 않을 거니까."

아무도 반문을 하지 않았다. 하지만 지언은 그걸 인정하고 싶지 않았다. 그걸 믿어 버리면, 이 사람들이, 이 공기가, 이 적막감이 지언을 삼켜 버릴 것만 같았다.

지언은 자신이 부작용 사례들을 처리하며 은밀하게 수행해 왔던 일들이 무엇을 위한 것인지 조금 짐작할 수 있었다. 최 팀장에게 듣고 싶었던 대답도 이제야 감을 잡을 수 있을 것 같았다. 오래 묵은 체증이 내려가야 할 일이지만, 후련하지 않았다. 오히려 가슴이 더 꽉 막히는 느낌이었다.

"회사는 알고 있나요?"

도진이 물었다.

"회사는 알고 있냐고? 물론 알고 있어. 아마도 처음부터 알고 있었을 거라고 우린 생각하고 있다. 물증? 있어도 없어. 왜냐면 증명되지 않거든. 그것이 회사가 치료제에 관심도 없는 이유야. 이 신종 파킨슨병이 밈을 빼 가서 생긴 거라는 연관성이 밝혀지지 않아. 우리가 아무리 밝혀 내려고 연구를 했어도 연결 짓지 못했지. 아마 회사도 상관관계를 입증할 수 없다는 걸 알고 있을 거야. 그래서 저렇게 배짱인 거지…. 후."

최 팀장은 계속 '우리'라는 주어를 썼다. 우리?

"치료제는 그럼 만들어졌나요?"

도진이 묻자 최 팀장은 갑자기 정면으로 도진을 응시했다. 도진이 한 발 뒤로 물러섰다.

"치료제는 거의 완성 단계지만 아직은 아니야. 이제 얼마 안 남았는데. 그런데 지금 문제는 그게 아니야. 더 큰 문제가 있지. 기버들만의 문제가 아니야. 아주 미친…."

최 팀장은 아까 요양원으로 오는 길에 차 안에서 동영상을 보며 지었던 표정을 또다시 재현했다. 지금 이 병실의 분위기도 못 견디겠는데, 더 큰 것이 올 것만 같은 깊은 불안이 엄습했다. 지언은 무의식중에 도진의 옷자락을 잡아끌었다.

"우리는 그 문제를 해결하기 위해 뭐라도 해야 해. 군장을 하지 않은 채로 적진에 뛰어들어야 하지만, 그래도 우린 가만히 있을 수가 없어."

"그런데 최 팀장님, '우리'가 누구죠? 저랑 도진 선배인가요? 자꾸 '우리'라고 하시는데, 오늘 이런 얘기 처음 해 주셨잖아요. 아니면 저희 말고 또 누가 있나요?"

지언은 이렇게 말하며 최 팀장과 조 복지사를 번갈아 쳐다볼 수밖에 없었다. 자신과 도진은 영문도 모르는 일인데 저 두 사람은 이미 아는 사이인 데다, 또 이 모든 걸 다 알고 있는 눈치니까. 지언은 지원 사격을 기대하며 도진을 툭 쳤다. 그런데 도진의 표정이 심상치 않았다. 불안해하고 있었다.

"도진 씨가 만나야 할 사람이 있어."

// 매종

도진은 불안했다. 무슨 일인지도 모른 채 최 팀장을 따라 나섰는데, 연고도 없는 안성 이 눅눅한 요양원에, 파킨슨병 환자들이 시체처럼 누워 있는 이 불쾌한 곳에 와 있고, 거대하고도 더러운 회사의 이면을 마주했다. 그는 최근에 자신을 괴롭혔던 호기심과 찜찜한 질문들을 원망했고, 최 팀장과 지언을 따라 나온 것을 후회했다.

이곳으로 오는 길에 최 팀장의 묘한 분위기가 도진을 예민하게 만들었다. 최 팀장은 도진을 의식하고 있었다. 백미러로 도진의 상태를 살폈고, 가끔은 걱정스러운 눈빛도 읽혔다. 도진이 그를 쳐다보고 있다는 걸 눈치챌 때면 아무렇지도 않은 듯, 아니 오히려 더 과장되게 의연한 척했다.

최 팀장이 도진에게 관심이 많다는 것을 도진은 오래전부터 알고 있었다. 최 팀장은 티 나지 않게 염탐하려 했을 테지만 완전히 실패했다. 그는 상품기획 팀장을 만나러 오는 것처럼 들락날락했고, 모두가 최 팀장이 뺏긴 자리가 아쉬워 궁상 떤다고 욕했지만 그때도 도진은 다른 이유가 있을 거라고 생각했다. 그리고 도진은 오늘 드디어 그 이유를 알게 될 것 같았다.

요양원 지하로 내려오자 긴 통로가 있었다. 습한 지하의 냄새가 코를 찔렀다.

통로를 지나자, 다시 넓은 공간이 펼쳐졌고 그곳은 마치 새로 지어진 듯 통로와는 다른 자재, 다른 페인트로 칠해져 있었다. 엘리베이터를 타고 다시 한 층을 올라왔다. 분명 건물 밖으로 나온 기억이 없는데, 당도한 곳은 요양원과는 완전히 다른 새로운 공간이었다.

"팀장님, 여긴 어디예요? 요양원 맞아요?"

조 복지사는 이곳을 사무동이라고 했다. 일부러 병동과는 완벽하게 분리시킨 곳이 사무동이라니, 분명 요양원 사무를 보는 곳은 아닐 것이다. 이곳은 비밀 기지처럼 은밀했다. 아무도 다니는 사람이 없는 하얀 벽의 복도를 지나, 실험실처럼 생긴 여러 방을 지나, 복도 끝에 다다랐을 때 조 복지사는 걸음을 멈췄다. 모두가 작은 기척도 내지 못하고 조용했다. 도진은 주위를 둘러보다가 어두운 회색 문 앞 하얗게 번쩍이는 명패에 눈이 멈췄다.

숨이 막혔다. '하늘정원'으로부터 온 메일을 처음 열었을 때 느꼈던 그 숨 막힘은 미움이었을까 그리움이었을까. 양손으로 목을 한참 움켜쥐고 있던 그 시간이 다시 찾아왔다. 도진은 옷깃을 쥐었다. 숨을 쉬게 해 주고 싶었다. 지금 이 상황이 자신에게 대단한 일이 아니라는 것을 보여 주고 싶었다.

하늘정원 원장: 오율아 박사

오율아라는 이름 앞에서 도진이 망설이는 사이, 최 팀장이 똑똑 노크를 했다. 도진은 문고리를 돌리는 최 팀장의 손을 잡아 뺐다. 무슨 권리로!

'무슨 권리로, 나를 만나겠다고! 무슨 생각으로 날 이곳으로 데리고 와? 내가, 이렇게 데려오면 내가 고마워할 줄 알고? 이렇게 내 앞에 나타나면 내가 기뻐서 손뼉 치며 들어갈 줄 알았어?'

"왜, 왜 이 이름이 여기 있는 겁니까? 그리고 당신이 뭔데, 당신이 어머니랑 뭔데 잘난 척이죠?"

"성도진. 다 말씀하실 거야. 너희 어머님은 오늘을 손꼽아 기다리셨다."

"말해요? 뭘 말해요? 또 말도 안 되는 추억담이나 늘어놓으려고? 아들 위해 만들었다는 개소리 하려고?"

도진은 흥분을 지나 광분의 상태로 가고 있었다. 최 팀장은 이런 도진을 거칠게 벽으로 밀어붙였다. 회색 문은 덜컹거렸고, 도진의 들썩임은 잦아들었다.

"야, 성도진. 그동안 내가 왜 잠자코 널 지켜만 본 줄 알아? 네가 만든 엉터리 신상품들이 예뻐서? 장 대표 개새끼가 하는 짓이 정말 대단하다고 생각해서? 아니! 침묵이 최선일 때가 있어! 발톱을 감추고 숨을 죽인 채 더 유리한 상황이 될 때까지 기다리는 거, 그것밖에 할 수 없을 때가 있다고. 알아?"

도진의 숨소리가 최 팀장의 숨소리에 묻혀 갔다. 도진의 풀어헤쳐진 셔츠는 여전히 성이 나 있었지만, 더 이상 도발하지는 않았다. 최 팀장은 도진의 셔츠 깃을 바로 잡아 주며 회색 문의 문고리를 바라보았다.

도진이 이곳에 온 것은 단순히 매종에 대한 궁금증 때문이었지만, 이제 자신의 운명은 다른 차원의 세계로 넘어갔다는 것을 직감했다. 그는 회색 문을 뚫어지게 바라보았다.

'내가 오늘 당신과 마주 설 곳은 내가 떠나 온 집이 아니었어. 당신을 다시 만나는 곳이… 이렇게 먹먹한 빛을 내는, 오율아 박사의 사무실 앞이 될 줄이야.'

잠시 후 도진은 스스로 문을 열었다. 문이 열리자 그동안 도진의 가슴속에 쌓여 왔던 오물덩어리들이 그와 함께 문 안으로 쏟아져 들어가는 기분이었다. 그 이름을 보는 것만으로도 이렇게 가슴이 무너져 내릴 줄은 몰랐다. 그동안 연습하고, 연습하고, 또 연습했는데 도진은 무참히 실패했다. 오율아 박사가 도진 앞에 있었다. 마치 아들이 올 것을 기다리며 10년 동안 거기 있었던 것처럼.

"도진아."

오율아 박사의 목소리만이 사무실을 울렸다. 도진은 가만히 듣고만 있었다. 어디 말해 보시지. 무슨 말이든 어디 해 보시라고.

"많이 컸구나. 화가 났겠지. 하지만 이해해야 해. 그건, 너를 위한 선택이었으니까."

"날 위한 거였다고?"

도진의 목소리는 갈라져 있었다.

"우린 떠날 수밖에 없었다. 너를 해칠 수도 있다고 생각했어. 우리 때문에 벌어진 상황으로 네 인생이 달라지지 않길 바랐다. 그뿐이었어. 그래서 널 먼저 유학 보내고 우리가 따라간 걸로 위장한 거야."

오 박사의 목소리는 떨렸지만 기품을 잃지 않았고, 느린 속도였지만 말이 끊기지 않았다. 도진의 어머니. 뇌 신경과학 분야 최고의 석학이자 밈의 실체를 확인한 천재 부부 중 대뇌피질의 플라스틱 성질을 처음 발견한 미미의 개발자.

도진의 화는 눈물로 바뀌었다. 어쩌면 헤어져 있는 동안, 아니 어쩌면 그보다 더 오랫동안 참고 참았던 눈물이 터졌을지도 모르겠다. 그간 애써 담담해지려 했던 노력들이 무색하게도 도진은 급속도로 무너져 내렸다.

"이곳저곳 도망 다니면서, 그리고 여기 정착한 후에도 엄마는 너를 계속 지켜봤어. 답이 오지 않는 게 오히려 마음이 놓였어. '읽음'으로 변하면 그걸로 됐다 하며 그렇게 버텨 왔다."

사실 도진은 메일을 기다렸다. 메일이 도착하고 나면 열지 않고 이틀을 마음 졸이며 또 기다렸다. 바로 읽지 않는 것이 자존심을 지키는 일이라고 생각했다. 이틀 후 메일을 열어 엄마의 글을 찬찬히 읽으며 도진은 엄마가 여전히 그를 잊지 않았다는 것에 안도했다.

도진은 이제 알게 되었다. 기다린 만큼 커진 것은 증오라고 생각했는데, 그건 한참 잘못된 판단이었다. 그것은, 그리움이었다.

오 박사는 천천히 다가와 한 손으로는 도진의 손을, 한 손으로는 도진의 어깨를 잡고 천천히 아들의 품에 얼굴을 묻었다. 박사의 얼굴은 보이지 않았다. 단지 가녀린 어깨만이 조용히 떨릴 뿐이었다.

"박사님, 오늘 모인 이유에 대해서… 시작해 주시죠"

정적을 깬 것은 최 팀장이었다. 오 박사는 도진을 자리로 안내했다. 지언과 조 복지사도 자리에 앉았다. 오율아 박사는 차분히 눈물을 정리한 후, 모인 이들을 찬찬히 둘러보다가 도진에게 시선을 멈추었다.

'도진, 내 아들. 너도 이 모든 것을 들어야 해. 우리 가족의 비극을, 이 나라의 비극을, 여기서 끝내야 한다.'

오 박사는 양 무릎을 붙이고 그 위에 두 손을 가지런히 모았다.

"사실 미메시스는 '지혜'를 탐구하기 위한 목적에서 시작되었어요. 그건 성 박사가… 그러니까 도진 아버지가 대학 시절부터 생각해 오던 것이었죠. 도진 아버지는 과학자보다는 철학자에 가까웠어요. 노년에는 인문학 강사가 되고 싶다는 말을 자주 했었죠."

성 박사. 아버지는 지금 어디 있을까? 여기 어딘가에 어머니와 같이 있는 걸까? 어머니와 아버지는 항상 함께였다. 금슬 좋은 부부이

기도 했지만, 최상의 연구 파트너이기도 했던 두 사람. 떨어져 있을 리가 없다고 생각했기에 이곳 문이 열리는 찰나에도 어머니 옆에 있을 아버지를 상상했다. 그런데 혼자였다. 도진은 아버지가 궁금했지만 직접 그 얘기를 꺼내고 싶지 않았다. 최 팀장이 어머니에게 본론을 부탁할 때, 어쩌면 본론보다 먼저 아버지의 이야기를 꺼내리라 믿었지만 어머니가 말하는 건 성 박사의 이야기이지, 아버지의 이야기는 아니었다.

"미지의 영역, 지혜. 누군가를 지혜롭다고 이야기할 때 그것이 그 사람의 뇌 어느 영역이 발달되었기 때문이라고 이야기할 수 있을까요? 없죠. 다른 능력이나 자질은 분명한 관장 영역이 존재합니다. 언어 능력이 뛰어난 사람은 측두엽이 발달되어 있고, 운전을 잘하는 사람은 공간 감각을 관장하는 두정엽이 발달되어 있다고 하죠. 그런데 지혜는 뇌의 어느 부분이 역할을 하는 걸까? 성 박사는 그걸 알아내고 싶어 했습니다. 만약 지혜의 신경생물학적 성질을 알아낸다면, 인간은 더 이상 우매한 판단을 하지 않을 거라고 생각했죠. 그러다 2010년에 미 샌디에이고 대학에서 지혜와 관련된 연구(2017년 미 샌디에이고 대 약학대학 연구진은 '샌디에이고 지혜척도'를 개발한 바 있음-저자 주)가 시작되었다는 얘길 듣고 성 박사는 미국으로 유학을 떠났습니다. 거기서 박사 학위를 취득하고, 돌아와서는 동양인의 지혜의 실체를 파내는 데 전력을 다했습니다. 물론 저도 함께했어요. 성과는 있었죠. 지혜는 두뇌의 전 영역에서 작용을 하지만 특히 전전두엽피질,

변연계, 편도체와 특히 연관이 있으며, 세 영역이 동시다발적으로 작용을 한다는 것이었죠. 또, 모노아민 등의 신경전달물질과도 관계가 깊다는 것까지 밝혀 냈습니다. 하지만…."

오율아 박사는 잠시 말을 멈췄다. 아마도 깊은 숨이 필요했던 것 같았다. 오 박사는 숨을 크게 들이켠 후, 눈은 청중 너머의 책장을 응시했다. 원장실 벽면에는 공자의 『논어』, 칸트의 『순수이성비판』, 니체의 『차라투스트라는 이렇게 말했다』, 사르트르의 『존재와 무』, 미셸 푸코의 『지식의 고고학』이 눈에 떠었다. 노랗게 빛이 바랜 옛날 책들은 모두 아버지의 책이다. 이런 책들은 요즘은 눈 씻고도 찾아볼 수 없다. 그나마도 핵심만 간추려 요약 소개하는 철학 실용서에서 간간이 보이다가 이제 철학은 철없는 학문이라 치부하는 시대의 흐름에 외면당한 지 오래다. 왠지 외면의 대상에 아버지도 속해 있는 것 같아 도진은 급히 고개를 돌렸다.

"지혜는 손에 잡히지 않았습니다. 과연 신의 영역일까요. 낙심한 성 박사를 보는 것은 괴로운 일이었어요. 포기를 해야 하는 상황 앞에서 저는 다른 결과라도 만들고 싶었습니다. 저는 방향을 틀어 연구를 계속했죠. 그때 발견한 것이 미메시스였고요. 대뇌피질의 영역에서 뉴런과 신경전달물질의 반복적인 전기·화학적 신호를 암호화하는 데 성공한 겁니다. 미메시스가 지혜일수도 있을 거라고 저는 생각했어요. 뭐가 다르냐고, 어쨌든 오랜 경험을 통해 누적된 결과물 아니냐고. 그러나 성 박사는 인정하지 않았습니다. 지혜란 좀 더

포괄적인 영역이라고요."

어머니의 설명은 이러했다. 지혜는 단순히 동일한 프로세스를 여러 번 반복해서 생겨난 판단과 행동의 패턴이 아니라, 정서적 상태와 사회적 태도, 자기이해와 성찰, 가치관 등이 어우러져 생기는 통합판단 능력이라는 것이다. 이것은 대뇌피질이 어떤 생각을 하고 행동에 옮기려고 할 때 그 기저에서 물밑 작업을 하는 보이지 않는 손과 같은 존재라는 것이다.

"그래서 저희는 그것을 완성하지 않기로 결정했습니다. 임상실험을 통한 안전성을 확보하지 않은 상태였기 때문이죠."

이 부분에서 어머니는 최 팀장과 시선을 맞추었다.

"문제는… 우리 연구 팀에 장도섭 연구원, 장 대표가 함께 참여하고 있었다는 거였죠. 그는 성공에 대한 집념이 굉장한 사람입니다. 과학자보다는 사업가가 더 잘 어울리는 사람이에요. 연구 성과도 그다지 좋지는 않았어요. 결국 그는 우리의 연구 성과를 가로채고 말았습니다. 그걸 가지고 혼자 미국 의료 분야에서 가장 큰 투자 그룹인 헬스앤퓨처로 날아가 투자를 받아 온 거죠. 그 이후는… 국민 모두가 아는 그 스토리이고요."

그녀의 목소리가 점점 떨리고 있었다. 장 대표가 도진을 부른 그날, 그는 무엇을 듣고 싶어 했던 걸까? 오래전 자신의 과오를 덮고 사라져 준 박사 부부의 안부가 궁금했던 걸까? 아니면 뭔가 더 필요한 게 있는 것일까. 도진은 장 대표의 쓴 하는 소리가 떠올라 머리를 흔들었다. 어머니의 이야기는 이어졌다.

"장 대표가 미메시스를 가지고 미미 상품을 처음 개발, 출시했을 때 저희 부부는 부작용에 대해서 알고 있었어요. 뉴런의 화학적 신호를 파악하는 데 사용하는 염색용제가 결정적으로 흑질을 지우는 역할을 한다는 징후를 파악했어요. 도진이가 막 스무 살이 됐을 때였죠. 집을 떠난 아이를 그리워할 새도 없이 저희는 그걸 장 대표에게 알렸어요. 하지만 그는 미미의 장기적 영향에 대해서는 관심 없었습니다. 오로지 돈 되는 연구만 하려고 했죠. 우리 부부는 실험을 계속해야만 했습니다. 오직 우리 둘밖에 믿을 수 없었죠. 하지만…"

오 박사는 이 부분에서 한동안 말을 잇지 못했다.

"물론 여러 가지 일이 있었지만, 나중에 또 이야기할 기회가 있겠죠. 저는 밈을 추출한 실험자—회사에서는 기버라고 부르지요—들의 동의를 얻어 오랜 시간 관찰했습니다. 그러다가 중뇌에 유의미한 결함이 발견된 겁니다. 조 복지사를 통해 이미 보셨겠죠. 중뇌는 치매의 일종인 파킨슨병을 유발하는 부위입니다. 파킨슨병은 중뇌의 흑질에서 도파민을 분비하는 신경세포가 서서히 소실되어 가는 질환이에요. 운동 신경이 느려지다가 멈추고, 떨림, 근육 강직, 자세 불안정 등으로 시작했다가 서서히 모든 움직임이 정지됩니다.

밈을 채취하면 파킨슨병의 원인인 흑질이 급격히 소실돼요. 일반적인 파킨슨병의 약 6.8배속으로 보고 있습니다. 아마 현재 '밈'을 채취한 어르신들은 대부분 잠재적 파킨슨병 환자일 겁니다. 그것도 엄청난 속도의 파킨슨 마법에 걸린 거죠. 운동 기능이 마비되고 언어도 어눌해지고 얼굴 근육마저 무뎌져 환자의 감정이나 의도를 전혀 알 수 없게 돼요. 정신이 흐려지는 속도보다 운동 기능 마비가 현저히 빠르다면 어떻게 될까요? 정신은 아직 멀쩡한데 몸이 굳어 가니, 영혼만 깃든 시체와 마찬가지일 겁니다.

밈을 체취하기 전 기버에게 받는 비밀 유지 서약. 엄청난 불이익을 감수해야 하는 불공정 계약서라던데 맞나요? 안전성이 보장된 상품이라고 터무니없이 강조했을 것이고, 그래서 대부분의 기버들은 만약의 사태에 대한 조항은 확인하지 않았을 겁니다. 현재 이곳 하늘정원요양원과 다른 요양 시설에 있는 신종 파킨슨병 환자들 중 대부분이 미미의 기버일 가능성이 있습니다. 사실 미미 체취 사실을 기억하시는 분은 몇 없어요. 곧 파킨슨병 환자들은 기하급수적으로 늘어날 겁니다. 그리고 요양원은 넘쳐나는 환자를 감당하지 못할 거고요. 정말 끔찍한 일이죠."

도진은 상품개발 팀이, 제노그룹이, 장도섭 대표가 가볍게 넘겼을 부작용들에 대해 생각했다. 그 부작용으로 인한 고통을 몇 백의 보상금으로 계산해 왔던 기업에 대해, 부작용을 인정하는 것을 무능의 한 지표로 받아들이는 대한민국의 기업 문화에 대해.

"우리는 해외로 도피한 것으로 상황을 꾸민 후, 이곳에 숨어 지내며 치료제를 연구하고 있어요. 이곳은 고향도 아니고, 우리 부부와 연고가 전혀 없기에 장 대표가 우리를 찾을 수 없었죠. 전 재산을 들여 이곳을 사고, 별관 일부를 개조해 실험을 계속했습니다. 조 복지사의 도움이 컸죠. 다시 한 번 감사드립니다."

오 박사는 조 복지사를 향해 고개를 숙여 정중히 인사했다.

"그리고 이곳, 하늘정원요양원 환자들에게 기증받은 기버의 흑질과 최 팀장님이 수고해 주신 리시버의 흑질을 연구하여 치료제를 개발 중에 있어요. 신종 파킨슨병 환자들에게 맞는 인공중뇌를 배양하여 맞춤형 치료제를 개발하는 방식을 연구 중입니다."

그래서 최 팀장이 몰래 흑질 채취를 해 온 거군. 도진은 최 팀장이 흑질을 수집하고 있다는 지언의 말을 이제야 이해하게 되었다.

"치료제는요?"

지언이 물었다.

"치료제는 70퍼센트 정도 완성됐지만 아직 부족해요. 상용화되려면 아직 시간이 필요합니다."

오 박사는 팔짱 낀 손을 다시 무릎에 올려놓으며 말했다.

"그렇지만 지금 중요한 것은 치료제가 아닙니다. 더 큰 문제가 있어요. 파킨슨 부작용은 10분의 1에 지나지 않습니다. 장 대표는 이것을 이용해 더 큰돈을 벌려 하고 있어요."

오 박사는 책상에 놓여 있던 패드를 터치했다. '매종 프로젝트-파킨슨병 가속제를 이용한 고령 인구 정책'이라 적힌 화면이 떴다. 매종? 매종에 대해 어머니가 알고 있는 거야? 도진은 매종에 대한 호기심이 결국 이런 엄청난 소용돌이에 그들을 몰아넣고 있다는 느낌이 들어 내심 두려워졌다. 그러나 어머니는 의연해 보였다. 제노빌 딩 앞, 광화문에 선 장군의 동상처럼 흐트러짐이 없었다.

"장 대표는 치료제를 필요로 하지 않습니다. 오히려 파킨슨병을 유발하는 미미의 부작용을 다르게 이용하려 하고 있어요. 그것을 매종 프로젝트라고 부릅니다. 오늘 발표된 '치매국가종신제'의 '매'와 '종'을 따서 매종이라고 줄여 부르는 것이지만, 사실은 더 거대한 음모가 있죠. 평생 끝까지 책임지겠다는 의미와 완전히 다른 의미예요. 매종을 사전에서 찾아보면….."

"자취를 감춤!"

지언이었다.

"네, 자취를 감춘다는 뜻이죠. 그리고 불어로는…."

"불어로는 *maison*, 집이죠."

도진이 대답했다. 지언과 도진의 대답에 오 박사는 옅은 미소를 머금고 계속 질문을 이어 갔다.

"맞아요. 그걸 합쳐 봐요. 뭐가 될까요?"

퀴즈를 내듯 질문을 하고 그녀는 잠시 침묵했다. 두 의미가 맞춰지기는 하지만 한동안 입 밖으로 꺼내지 못했다. 답을 말한 건 최 팀장이었다.

"집에 감춘다?"

"…."

"집에 감춘다니 뭐요?"

지언은 궁금증을 참지 못하는 사람이었다.

"아까 봤지, 산송장으로 죽어 가는 노인네들. 파킨슨병이 6.8배나 가속되어서 1년 만에 정신만 살아 있는 시체가 된 거."

최 팀장은 오율아 박사와 조 복지사를 한 번씩 바라보았다. 세 사람의 신중함이 느껴졌다.

"장 대표는… 저걸, 모든 노인에게 적용하겠다는 거야. 기버가 아닌 노인 모두."

"뭐라고요? 노인들에게 모두? 아니, 어떻게 그게 가능하죠? 사회 안전망! 안전한 사회! 그렇게 외쳐 대는데, 어떻게 그게 가능해요? 식약처 감시도 있을 거고, 소비자 보호 정책도 촘촘히… 아, 어쨌든 그건 말이 안 되잖아요!"

귀가 새빨개진 지언은 흥분을 다스리지 못해 가슴까지 쳤다. 대답은 최 팀장이 해 주었다.

"내가 얘기했지. 나랏일 하는 새끼들 80프로가 다 쓰레기라고."

도진은 이제 두려움의 극단에 서 있는 느낌이었다. 왜 자신과 자신의 가족이 이런 일에 휘말리고 있는지 비참한 심정이었다.

"잠깐, 드릴 말씀이 있어요."

모두 도진을 기다렸다. 도진은 장 대표와 있었던 일을 이야기하기 시작했다.

"장 대표는 어머니를 찾고 있었어요. 분명히 그렇게 느꼈어요. 어머니가 어디에 있는지 나를 통해 알아내려고 했던 것 같아요."

도진은 대표실 앞에서 들었던 것, 그 대화를 나눴던 손님이 보건복지부 관계자였다는 것, 그리고 자신을 불러 집요하게 물었던 모든 대화를 상세하게 이야기했다.

도진은 불안해졌다. 장 대표가 어머니를 원한다는 것이 명확해졌다. 도진이 봐 온 장 대표는 그 자체로도 유능하지만 남을 짓밟는 데도 유능하다. 자신이 제시한 방향에 반기를 드는 임원들은 모조리 잘려 나갔고 동종업계 어디에도 발을 붙이지 못했다. 어머니가 장 대표의 타깃이 되는 것을 원치 않았다. 위험에 처하는 어머니를 볼 수는 없다.

도진 생각에도 장 대표는 치료제에 관심조차 없는 것 같았다. 치료제는커녕 오히려 부작용을 커버하는 신상품을 개발하라고 종용하는 사람이다.

"그런데 장 대표가 왜 어머니를 찾는 건데요?"

"그건… 나도 짐작만 할 뿐이야….'"

"뭔데요, 그게? 치료제가 필요한 것도 아니면서, 어머니를 왜요?"

"아직은 모르지만 아마도 성 박사와 연관이….'"

오 박사는 급하게 입을 다물었다.

"아버지요? 아버지가 왜요? 아버지는 어디 계신데요?"

도진은 재촉했지만 "나중에"로 마무리하는 오 박사의 표정은 단호했다. 도진과 오 박사 사이에, 산처럼 쌓인 과거가 차츰 허물어지려면 얼마의 시간이 필요할까? 도진은 눈앞에 떠오르는 물음표들을 흔들어 지우며 입을 다물었다.

　원장실에 모인 다섯 명—오율아 박사, 조현진 복지사, 최대번 팀장, 심지언, 성도진—은 모두 정체 모를 의무감, 책임감 그리고 이보다는 더 분명한 불안감과 두려움이 한꺼번에 가슴을 비집고 들어오는 느낌을 받았다. 누구 하나 웃지 못했고, 그렇다고 누구 하나 불평하지 못했다. 그저 받아들이고 준비하는 모습이었다. 미동도 없이 앉아 있었지만 그들을 묶는 강력한 기운을 느꼈고, 손을 잡지는 않았지만 서서히 강력하게 연결되어 가는 기분이었다.

　도진을 따로 남겨 두리라 믿었던 어머니는 다른 일행과 똑같이 도진과 인사했다.

　"다음에 볼 수 있을 거야."

　도진은 일행 중 하나로 요양원을 나섰다. 어머니는 항상 이런 식이었다. 아들조차 무리 중 하나로 만드는 재주. 모자지간의 재회는 그렇게 건조하게 끝이 났다.

　지언은 오 박사의 방에서 본 『밈의 심정』을 떠올렸다. 그 책의 저자가 혹시 오 박사가 아닐까. 사실 미미를 주도적으로 개발한 천재 박사가 썼다고 하기엔 미미를 부정하는 논조가 책 전반에 흐르고 있었다. 하지만 미미 개발자 오 박사와 『밈의 심정』 작가 사이엔 분명한 연결고리가 있을 것이라고 지언은 확신했다.

현관을 나서며 지언은 종종걸음으로 무리보다 앞서 나갔다. 주차장 입구에는 지긋한 나이로 보이는 여성이 그들을 기다리고 있었다.

"아들! 우리 아들!"

지언의 어머니가 손을 번쩍 들어 흔들었다. 지언은 최 팀장과 도진의 팔을 잡아 세웠다.

"팀장님, 바쁘지 않으시면 노가리나 좀 드시면서…."

해가 뉘엿뉘엿 저물어 가는 요양원의 벤치에 앉아 최 팀장과 도진은 얼떨떨한 표정으로 지언과 어머니의 호들갑스러운 해후를 목도했다. 우연인지 필연인지, 지언 어머니를 '김 여사님'이라 부르는 조 복지사와도 평소에 죽이 워낙 잘 맞아 엄마와 딸 사이처럼 지내고 있다고 했다. 김 여사는 그녀에게 비닐에 따로 담은 노가리를 안겼고, 비릿한 냄새가 진동하는 그것을 조 복지사는 찡그림 하나 없이 품에 안았다.

"엄마가 돌보는 사람들도 파킨슨이야?"

"응, 아주 몹쓸 병이여. 아주 순식간에 사지가 굳어가잖여. 사지가 아주 사정없이 빳빳해져 가지고…."

김 여사는 '빳빳해져 가지고' 부분에서 씹던 노가리를 흔들었다. 바짝 마른 노가리의 부스러기가 도진의 눈앞에 흩날렸다.

"엄마, 엄마는 미미 같은 거 하지 마. 절대. 알았지?"

"미미? 그기 뭔디?"

김 여사는 늘어진 눈꺼풀을 들어 올리며 조 복지사와 지언을 번갈아 보았다.

"여사님, 전에 말씀드린 거 있죠? 뇌를 굳게 만드는 주사가 있다고 했잖아요."

"아아, 그 망할 주사? 그거 땜시 이 냥반들이 다 이렇게 됐다고 안 혔어? 난 그른 거 절대 안 혀. 전에 시에서 하는 시니어복지센터에 가니께 그른 설명회를 해 주드만. 아무래도 그거 가튼디⋯ 뭐다냐 '인생의 지혜를 나눠 주면 돈이 생긴다'라고 쓰여 있었던가. 이게 뭐냐고 그랬더니 그 사람이 그랬어. 용돈벌이 될 거라고. 그거 꽤 큰돈이었지 아마. 60 넘으니 다들 퇴물 취급하고⋯ 할 일도 없고 돈도 쪼들리고 그렇게 눈이 헤까닥 돌아 뿌는 거지. 우르르 모여 가서 하고 그랬던 거 같어. 잠깐 자고 일어났는데 큰돈을 준다니 다들 고맙다 하며 받는 거여. 근데 그게 글케 무서븐 거였쟈? 안 하길 잘 한 거 맞쟈?"

지언은 어머니의 볼을 양손에 쏙 넣고 쏙쏙 비벼 댔다. 불쑥 나온 김 여사의 입술이 어린 아이처럼 해맑았다. 대화를 지켜보던 최 팀장은 담배를 꺼내 물었다. 도진은 "요양원이잖아요" 하며 입에 물린 담배를 뺏어 담뱃갑 안에 다시 끼워 넣었다.

하늘정원 요양원에서 서울로 돌아오는 도로 위는 그새 내린 비로 촉촉하게 젖었다. 최 팀장이 운전대를 잡았고 지언은 조수석에서 잠이 들었다. 최 팀장은 뒷좌석에 앉은 도진에게 한 숨 자라고 했지만 그는 잠이 오지 않았다.

도진은 최 팀장을 살폈다. 그간 지언이 답답해할 만큼 최 팀장은 언제나 묵묵한 편이었지만, 오늘은 유난히 더 과묵했다. 하지만 오늘 그 덕분에 어머니를 만날 수 있었다는 사실로 인해 도진은 최 팀장의 과묵함을 인정할 수 있었다.

"최 팀장님. 팀장님은 다 알고 계셨습니까?"

"뭘?"

최 팀장은 백미러로 도진을 쳐다보았다.

"이 모든 상황을요. 미미가 파킨슨병을 일으키고, 또 장 대표가 그걸 이용하려 한다는…."

"처음엔 몰랐어. 오율아 박사가 연락해 오기 전까지는. 왜 나냐고 물었더니, 오 박사님이 되레 이렇게 묻더라. '지금도 책 읽으시죠?' 라고."

최 팀장은 홀가분하다는 표정으로 대답을 이어 갔다.

"도진이 너는 뇌과학을 전공했으니 뇌에 대해서 잘 알겠구나. 난 문과대 출신이라 뇌는 잘 몰라. 그래서 박사님이 말씀하시는 흑질이 니 뭐니 모르고, 그냥 시키는 대로만 한 거야. 하지만 그거 하나는 알고 있었어. 어쩌면 오 박사님보다 더 확실하게 말이야. 그거 말이야, 인간의 지혜라는 거… 밥 같은 거라는 거. 한꺼번에 먹으면 배탈이 나는 법이거든."

"밥이요?"

"그래, 밥… 그렇게 간단하게 만들어지는 게 아니라고."

지혜. 지혜라는 단어를 최 팀장이 발음할 때 도진은 최 팀장의 얼굴에서 죽도록 미웠고 죽도록 부러웠던 아버지의 얼굴을 보았다. 저런 얼굴로, 어머니에게 혼이 나고 나면 항상 저런 얼굴로 끌어안아주던 아버지가. 그 품에 안겨 있을 때 올려다보던 아버지의 얼굴이.

1번지

2016년도의 광화문 광장을 표현했다는 작품명 〈광장에, 서〉. 못난 대통령을 자리에서 끌어내리려는 국민들이 모여 촛불을 들었던 곳. 그곳의 열기를 고스란히 담아냈다고 극찬하며 문재인 대통령은 청와대 본관 벽면에 이 작품을 걸어 두었다. 임옥상 작가의 〈광장에, 서〉는 30호 캔버스 108개를 이어 완성한 작품으로 원래는 가로 길이가 16미터에 달하지만 청와대 본관 벽면에 맞춰 11.7미터로 캔버스 일부를 덜어 냈다고 했었다. 그렇지만 장 대표는 원래 크기인 16미터로 이곳에 걸었다. 장 대표는 문재인 정부가 끝나고 개인 소장가에게 반환되었던 이 작품을 두 배의 값을 치르고 이곳으로 가져와 청와대에서보다 더 크게, 더 웅장하게 전시했다. 중요한 건 청와대에 걸렸던 작품이었다는 사실이 아니라 여기, 바로 대한민국 1번지 제노빌딩 꼭대기에 청와대보다 더 크게 걸려 있다는 사실이다.

장 대표는 작품을 찬찬히 음미한다. 혁명을 상징하는 촛불들이 밝은 노란색들로 빛나고 있다. 그러나 밝은 촛불 아래 사람들은 검은 그을음처럼 표현되어 있다. 장 대표는 이 지점이 마음에 든다. 무릎을 탁 칠 정도로 맞는 표현 아닌가! 촛불은 꺼지면 그만이고, 촛불이 없으면 그 뒤에 있던 사람들은 보이지 않는다. 그들은 검은 그을음 조차 되지 못한다. 대중이란 게 그런 것이다.

100년 전보다, 50년 전보다, 30년 전보다 많이 배우고 똑똑해졌다고는 하지만, 여전히 대중은 무지몽매하다. 현재의 정치적 노선이나 사상 따위는 분명하게 밝힐 소양이 되었지만, 지금 자신들이 어디까지 왔고 어떤 존재로 바뀌어 가고 있는지 그 거시적인 흐름은 알지 못한다. 매일 여기 모여서 구호나 외치면 세상이 바뀐다고 생각하는 나이브한 족속들.

"손님 들어가십니다."

호출이 뜨자 모든 손들이 분주해진다. 중요한 손님맞이까지 해야 한다고 하니 주방 직원들까지 총동원되었다. 비서는 VVVVVIP라며 V를 다섯 번을 강조했다. 그녀가 특별한 손님의 이름을 말하지 않았지만 직원 모두는 안다. 양복 재킷 왼쪽 가슴에 배지를 단 사람이라는 것을. 하지만 여기 올 때는 그 배지를 주머니에 숨기고 올 거라는 것을.

장 대표는 주절희 보좌관을 최고급 접객실로 안내했다. 물론, 접객실로 가는 길에 〈광장에, 서〉를 소개하는 것을 잊지 않았다.

"정말 멋지고 웅장합니다! 이런 역사적인 작품을 이곳에 소장하시다니, 역시 생각도 남다르십니다, 장도섭 대표님!"

"감사합니다. 여기가 바로 대한민국 1번지 아니겠습니까, 허허허."

장 대표는 오른쪽 검지를 얼굴 옆에 꼿꼿이 세워 들었다.

"네, 맞습니다. 오늘도 광화문을 내려다볼 수 있겠네요. 여기 1번지에서!"

두 사람은 탈의를 하고 가운을 걸쳤다. 러시아에서 온 마사지 전문가들이 기다리고 있는 베드에 누우니 통창을 통해 이순신 동상이 바로 내려다보였다. 주절희 보좌관은 스물도 안 되어 보이는 앳된 러시아 미녀의 알몸 아래 비좁은 등을 내어주고 야릇한 탄성을 토해냈다. 단순한 놈. 장 대표는 자신이 내려다볼 것은 이 아래 세상뿐 아니라 옆에 있는 미천한 꼭두각시도 포함되어 있다고 생각했다.

"주 보좌관님, 정경이 정말 멋지지 않습니까?"

"아…. 으헛… 아 네네… 정말 죽이는군요."

장 대표의 입꼬리가 주 보좌관을 거쳐 광화문 광장으로 향한다.

"세종대왕이 무지한 국민을 계몽시키고, 이순신이 나라를 지켰지요. 이제 우리가 세종대왕이고 우리가 이순신이지 않습니까."

"…예? 아, 예…."

미녀의 손놀림에 몸을 내어주느라 반쯤 정신이 나간 주 보좌관의 대답은 듣는 둥 마는 둥 하는 사이, 장 대표는 대한민국을 대표하는 위인들의 동상을 내려다보는 그 자리를 음미했다.

온몸을 훑고 지나간 러시아 미녀의 흔적을 온습포로 깨끗하게 닦아 낸 주 보좌관은 이제야 정신을 차린 듯 시원한 아메리카노를 주문하고는 베드의 등을 세워 앉았다.

"그런데 매종은 잘 되어 가는 겁니까?"

사실 오늘 주 보좌관의 목적은 매종의 상태를 확인하는 것이었다. 일 좀 해야지 하고 큰 맘 먹고 하는 질문이지만 장 대표는 매종이 화두에 오르는 것을 반기지 않는 눈치였다.

"걱정되십니까? 제가 되는 거라고 얘기했는데도 걱정이 된다는 말씀입니까?"

"아… 아니 그게 아니라, 지속적으로 보고를 해야 하는 의무가 있어서요…."

주 보좌관은 문제가 되지 않는다. 문제는 윗선이 불안해서는 안되는 것이다.

"걱정할 필요가 없습니다. 흔적이 남지 않아요. 모든 기억을 지워 버리는 치매와 같이 미미를 사용한 흔적까지, 아니 그 기억까지도 싹 지워집니다. 이것은 저희 미메시스 연구소가 여러 단계에 걸쳐 입증한 것이에요. 입증 자료는 이미 보셨지요?"

장 대표는 성의 있게 대답했다.

"그런데… 허가에 문제는 없을까요? 아무리 식약처 쪽에 선을 대 났다고 해도 문제가 조금이라도 생긴다면, 저희는 바로 손을 뗄 수밖에 없습니다."

"중간에 그만둘 거라면, 제가 장관님께 연결을 요청하지도 않았지요. 임상 허가는 걱정하지 않으셔도 됩니다. 그게 문제가 되지 않는 방법으로 준비하고 있으니까요. 주 보좌관은 걱정 말고 사모펀드나 잘 들어놓으세요. 네?"

성의 있게 대답하려고 노력했지만 주 보좌관의 표정에서 불신이 역력히 엿보였다. 장 대표는 점점 짜증이 치밀어 올랐다.

"주 보좌관, 중요한 건 예산이에요, 예산. 쓸데도 없는 고령 인구들 국가가 책임지겠다고 떵떵거려놨잖아. 쓸덴 없는데, 선거권은 가지고 있으니까 잘 보이려고 그런 거 아니요? 그런데 점점 예산이 바닥이지. 세금충들은 늘어나는데, 세금 내는 애들이 점점 줄어서 나랏일 하시는 분들도 여간 고민이 아니잖아요. 내가 제안한 게 바로 돈 낭비를 줄여 주겠다는 거 아닙니까. 그들에게 쓰는 시간과 공간, 그걸 확 줄여주겠다고요. 시간은 미미로 줄이고, 공간은 매종으로 줄여 줄 겁니다. 그것도 티 안 나게 감쪽같이 말이오. 죽이는 방법으로 예산 아껴 준다는데 말이 좀 많으시네."

"주… 주, 죽여 주는… 방법이요? 아… 그건 말이 좀…."

"주 보좌관, 내가 10년간 미미 사업을 해 보니까 말이야, 언어 감각이 뛰어난 측두엽 미미의 핵심 능력이 뭔지 알아요? 바로 침묵할 때를 아는 거야. 무슨 말인지 알죠?"

주 보좌관은 억지웃음으로 표정을 바꾸며 말했다.

"네, 장 대표님… 여부가 있겠습니까. 대표님은 항상 지혜로우시니

저흰 그저 믿겠습니다."

장 대표는 자존심이 구겨지는 소리를 애써 외면했다. 오로지 전달자의 역할밖에 하지 못하는 주 보좌관 따위가 그에게 문제를 운운하다니. 지금 이 자리에 오기까지 수많은 문제들을 장 대표는 열정과 능력으로 헤쳐 왔다. 지혜? 웃기는 소리. 이건 능력의 문제라고. 그는 지혜라는 말에 빗장이 열린 듯 10년 전 일을 떠올렸다. 성 박사. 그의 지도교수. 성 박사를 떠올리자 가슴이 후끈해졌다.

그가 성 교수님이라고 불렀던 성중철이라는 자는 언제나 그의 머리 꼭대기에 서 있었다. 성 교수는 모든 걸 다 아는 듯한 표정으로 그를 조롱하는 사람, 비난받을 게 뻔했던 그의 연구 결과에 알파벳 점수가 아닌 시답지 않은 편지를 써 주던 사람, 그래서 그의 부족함을 더 드러내고 더 부끄럽게 했던 사람이었다. 미메시스의 값어치를 강변하는 그에게 성 교수는 이렇게 말했다.

"장도섭 연구원. 미메시스를 자신에게 적용할 수 있습니까?"

그는 대답할 수 없었다. 처음은 언제나 화살을 맞는 법이니까.

"그렇다면 아무에게도 적용해서는 안 됩니다. 그게 과학자의 양심이고 도리죠."

과학자의 양심? 도리? 아니, 과학자는 기술로 능력을 증명하면 되는 거야. 그딴 건 실패한 실험용 쥐와 함께 폐기물에 처넣으면 그만이라고.

장 대표는 성 박사가 자신의 실험용 베드에 누웠던 그 밤을 떠올렸다. 그는 단지 순수한 과학자의 열정일 뿐이었다고 다시 한 번 되뇌었다. 뒤처져 있던 그가 처음으로 제조한 미미의 테스트 시약을 성 박사의 뇌에 주입할 때, 그는 알고 있었다. 성 박사가 잘못되리라는 것을, 그리고 그걸 자신이 유용하게 활용하게 되리라는 것을.

그때 내선 전화가 울렸다. 비서 실장이었다.

"대표님, 상품기획 팀장이 찾아왔습니다. 오늘은 성도진에 대한 근황을 보고하고 갔는데… 별다른 것은 없고 '심지언'이라는 신입과 잘 어울린다고 하는군요."

"심지언? 뭐 하는 녀석인데?"

"네, 현재 긴급대응서비스 팀에서 허드렛일 담당하는 녀석인데요, 별다른 건 없지만 한 가지 걸리는 것이, 청계천 헌책방연합회에 가입되어 있습니다."

헌책방연합회? 아, 그거 몇 년 전에 이미 다 해체되고 명목만 유지되고 있는 빈 깡통 같은 레지스탕스 조직.

"왜 거기에 가입되어 있는 거야? 나이도 어린 녀석이."

"심지언의 아버지가 전직 연합회장이었다고 하는군요. 아버지는 죽었고 아들은 활동은 거의 안 하고 이름만 올린 회원이라고는 하는데 아버지가 죽고 여기 입사하기 전까지는 유튜브 채널을 운영하면서 백수 생활을 오래 했다고 합니다."

"뭐, 어차피 쓸모없는 조직… 그래. 알았어."

장 대표는 비서 실장과의 전화를 끊으려다가 다시 들었다.

"두 사람 계속 지켜봐."

대한민국 1번지, 제노빌딩의 탑층 룸. 제노 직원들 중 비서실을 제외하고 아무도 모르는 이곳에서 장 대표와 주 보좌관은 호화로운 만찬을 즐기는 중이었다. 관자와 연어를 프랑스식으로 요리한 애피타이저와 오리다리 꽁피, 프랜치랙 양갈비가 메인 요리였다.

"스크린 좀 내려 보지."

장 대표가 통창을 턱으로 가리키며 수행 비서에게 말했다. 룸의 전면에는 대형 모니터가 설치되어 있었다. 수행 비서가 리모컨을 조작하자, 모니터에는 뉴스 특보에서나 볼 수 있는 화면들이 등장했다. 이것은 실제 방송사에서 송출하는 뉴스가 아닌, 장 대표가 특별히 설치한 카메라에서 송출되는 화면이다. 장 대표는 의례히 탑층 룸에서 이 화면을 틀어놓는다. 근대 이후 역사의 방향을 바꾸는 순간은 모두 이곳 광화문 광장이었고, 광장을 장악한다는 느낌은 항상 장 대표에게 막강한 희열을 느끼게 했다.

"오늘 처음으로 샘플링하는 날이죠?"

주 보좌관이 관자를 우걱 씹으며 물었다.

"그럼요. 포장 잘 하는 외주업체를 썼죠. 아마 여우로 둔갑해 있을 겁니다."

미미 패치에 관한 내용을 설명해 봐야 주 보좌관이 뭘 알겠어. 그냥 잘 하고 있더라고만 전해, 이 양반아. 장 대표는 속으로 상대를 비웃었지만, 그 속내가 가운 밖으로 배어 나오진 않았다.

한낮의 더위가 물러나자 스크린에는 노인들이 더 많아졌다. 오늘은 '건강한 초고령 사회를 꿈꾸는 사람들'의 집회가 있는 날이다. 그리고 매종 프로젝트의 첫 번째 작업에 착수하는 날이기도 하다.

첫 단추를 잘 끼워야 한다. 지금 그가 장악한 이곳, 대한민국 1번지, 종로구 종로1가 1번지가 바로 제노빌딩이다. 한양 천도 시절부터 지금까지 광화문 이곳은 나라의 대소사를 결정하는 곳이었다. 그러니 이곳의 1번지가 대한민국 1번지가 아니겠는가! 조선 시대 육조(이, 호, 예, 병, 형, 공의 6조 체제로 나누어 운영된 조선 중앙관청-저자 주) 중에서도 재정을 담당하는 조선의 재정기획부 '호조'가 바로 제노빌딩 옆자리에 있었다고 하더니, 진정 돈의 맥이 흐르는 땅이 아닌가! 이제는 미메시스를 발판 삼아 정말 대한민국 첫 번째로 발돋움해야 한다. 그러려면 무기가 필요하다. 제물도 필요하다. 무기는 매종이고, 제물은… 저들이다.

노인들이 화면을 가득 채웠다. 그들이 들고 있는 플래카드는 형형색색을 띤 다른 집회와 다르게 흰 무명천에 붉은 글씨와 검은 글씨로 이렇게 쓰여 있었다.

우리도 일할 수 있다!

무임승차 폐지!

경로 할인 폐지!

우리는 세금충이 아니다!

돌아가는 꼴을 보아하니 장 대표의 의도대로 판이 굴러가고 있다. 고령층이 저렇게 나올수록 다른 세대는 반감을 갖게 마련이다. 청년들은 자기들이 벌어서 고령 인구를 먹여 살린다고 불만을 토로한다. 그러면 고령층은 또 피해의식에 휩싸여 똘똘 뭉치며 뭐라도 하려 들겠지. 이렇게 세대끼리 피 터지게 싸워 주면 더할 나위 없이 좋다. 그렇게만 되면 이 판은 짜고 치는 고스톱보다 쉽게 굴러갈 수 있다.

장 대표는 흐뭇한 표정 속에 본심을 숨기고 주 보좌관에게 질문을 던졌다.

"저렇게까지 하는 이유가 뭐지? 지금까지 고생했으면 이제 좀 쉬어도 될 텐데 말이야. 주 보좌관은 이해가 됩니까? 밈 팔아 돈 받고, 돈 떨어지면 나라에서 타운에 넣어 준다는데 왜 저렇게 발악을 하는지. 쯧쯧⋯."

"그러게나 말입니다."

장 대표는 입안 가득 고기를 물고 키득키득 웃었다. 그 모습이 꼭 조커와 닮았다고 주 보좌관은 생각했다.

"주 보좌관님은 노후를 어떻게 보낼 계획입니까?"

양갈비를 뼈째로 뜯으며 주 보좌관을 올려다보는 장 대표의 시선에 주 보좌관은 가슴이 서늘해졌다.

"주 보좌관도 나중에 밈 팔아 돈 받고, 돈 떨어지면 나라에서 넣어 주는 타운에서 여생을 보내실 건가요?"

"아, 저는 아직 한창이라 깊게 생각해 본 적이… 공무원은 정년 보장도 되고… 아! 그리고 공무원은 공무원 전용의 별도 시설을 만든다는 얘기도 돌긴 합니다."

"오호… 그래요? 역시 대한민국은 공무원 천국이야. 갑자기 나도 공무원이 되고 싶어지네요."

입술을 꾹 다문 채 흘러나오는 웃음소리는 입안의 음식들이 서로를 때리는 소리처럼 축축했다. 짐작대로 장 대표는 정계 진출의 욕심이 있는 건가. 싸늘한 기운이 주 보좌관의 등골을 쑤셔 댔다.

잠시 침묵이 흘렀다. 장 대표는 공백을 메우기 위해 틀어놓은 모니터로 고개를 돌렸다. 순간 익숙한 얼굴이 눈에 띄었다. 구호를 외치는 목 쉰 늙은이들 사이로, 그녀가, 오율아 박사가 보였다.

오 박사! 그렇게 찾아 헤맸던 그녀가, 이렇게 그림처럼 눈앞에 나타나다니!

장 대표의 시계는 그대로 멈췄다. 오율아 박사의 행동 하나하나가 슬로우 모션처럼 느리게 장 대표에게 다가오는 것이었다. 그녀는 노인들 사이를 비집고 어디론가 가고 있었다. 어디로 가는 거지? 장 대표는 포크와 나이프를 던져 놓고 창가로 달려갔다. 노인들이 움직이는 방향과 다른, 그 왼쪽 방향에는 무엇이 있는지를 보아야 한다. 하지만 광장은 너무 아래에 있었고, 인파는 거대했으며, 스크린은 오박사를 계속 담지 못했다.

"아이 씨! 어디 있는 거야!"

까만 노인의 점들이 두서없이 움직였다. 장 대표는 까마득한 광장을 하염없이 내려다보았다. 탕, 탕. 통창의 두꺼운 방탄 유리를 아무리 주먹으로 쳐 봐도 소용없었다. 오 박사는 대형 모니터에서도 이미 사라졌다. 안 돼, 오 박사를 찾아서 자신의 오른팔로 만들어야 한다. 미미는 너희가 앞섰지만, 이번만은 그가 앞지를 것이다. 어디 두고 봐. 두 번은 지지 않을 것이다.

장 대표는 그녀가 사라진 광화문 광장을 내려다보았다. 광장을 채운 고령의 시위대는 악에 받쳐 있었다.

▞ MJ

송파구 마천로 35길 영원냉동산업. 내비게이션 화면에 '목적지 도착'이 떴다. 지언은 시동을 끄고 안전벨트를 푼 후에도 한동안 내리지 않았다. 심호흡을 크게 몇 번 하고 나면 다른 사람으로 내릴 수 있을 것 같은 생각도 들었다.

'맞다, 나 고등학교 때 연극반이었지. 그때 연기 잘한다고 후배들한테 편지도 몇 장 받았었다. 그래, 넌 할 수 있다!'

"짜식, 긴장 되냐?"

최 팀장은 팔자주름을 깊숙이 눌러가며 웃었고, 지언은 팔자에도 없는 사기꾼 노릇에 속이 부글부글거렸다.

'아, 역시 꼰대랑은 거사를 도모하면 안 된다. 이런 상황에서 긴장 안 하는 게 정상이란 말인가? 나이 먹으면 사기꾼이 되어야 하는 이런 상황에서도 웃을 수 있단 말인가!'

오늘 변호사가 되어야 하는 지언은 서류 가방에 가짜 명함이 잘 있는지 만지작거렸다. 최 팀장 역시 넥타이를 고쳐 매며 가방을 챙겼다.

"나 법무 팀 직원 같지? 법무 팀 14년차 부장이라고 할까?"

"근데 회사 이름을 물어보면 어떡하죠?"

도진이 알아온 바에 의하면 영원냉동산업은 장 대표의 지시대로 움직이는 한 회사와 계약을 체결하기로 되어 있다. 최근 들어 유난히 도진의 곁을 맴도는 비서 실장이 비상 계단으로 급히 들어가 은밀한 목소리로 통화하는 내용을 도진은 놓치지 않고 들었다. '영원냉동산업'이라는 회사명을 똑똑히 기억했다며 도진은 지언의 칭찬을 갈구했다. 하지만 비서 실장의 지령을 성실히 수행하는 '그 회사'에 대해서는 아무것도 듣지 못한 것이다. 그런 이유로 오늘 최 팀장은 '그 회사'의 법무 팀 부장이 되고 지언은 잘나가는 법무법인의 신참 변호사가 되었다. 이 평범해 보이는 냉동 창고 제조업체와 장 대표가 무슨 작당을 하는지, 이 둘 사이에 유령같이 존재하는 회사는 어딘지 알아내야 한다. 이곳 영원냉동산업은 산업용 냉장설비를 만드는 흔한 중소기업 중 하나이다. 규모로 보자면 영세한 편인데, 영원냉동의 경영 상태는 최악에 가까웠다. 산업용 냉동고에서부터 꽃집, 음식점 등 업소용 냉장고까지 다양한 상품 라인을 갖추고 있었지만 대부분의 상품은 매년 적자였고, 그나마 유지가 되는 부분이 사체 보관용 냉장고였다.

이번 일을 위해 김근형 변호사에게 도움을 요청한 건 지언의 아이디어였다. 아버지와의 소동이 있은 후 미미가 제거된 김근형은 아버지와 낚시 여행을 함께 다니며 새로운 기억을 차곡차곡 쌓아가고 있었다. 그 변화의 시작은 최 팀장이 준 책이었다고, 김근형은 고백했다. 형식적인 인사치레만은 아닌 김근형의 고백 덕분에 지언은 이번 일을 도와 달라는 말을 더 쉽게 꺼낼 수 있었다. 김근형은 영원산업에 대한 자료를 넘기며 이렇게 말했다.

"제가 궁금한 건 진짜 못 참거든요. 그래서 미미도 프리미엄 라인을 패키지로 맞았… 아, 하하 옛날 얘기예요. 근데 그 자식들은 미미 같은 개차반은 수습도 제대로 안 하면서 또 새로운 사업을 한다니. 그것도 노인 복지 세금으로요? 낚싯바늘로 입을 꿰매 버릴라."

그런데 사체 냉장고를 만드는 중소기업이 왜, 장도섭 대표 최측근인 비서실장의 최근 통화 내역에서 등장하는 것일까? 어떠한 연관성도 없어야 할 두 업(業)은 은밀히 연결되고 있다. 도대체 왜? 이 질문이 '조까라매종 프로젝트(이것은 지언이 붙인 프로젝트의 이름이다)'의 출발점이다.

그래, 가자. 지언은 빗어 넘긴 앞머리를 귀 뒤로 딱 붙인 후 차에서 내렸다. 영원냉동 사장은 현재 신규 납품 계약 관련하여 매종과 연관이 있는 어느 회사 법무 팀의 방문을 기다리고 있을 것이다. 한창 잘나갈 때에는 많은 산업용 냉장고가 쌓여 있었을, 그러나 지금은 흙먼지만 날리는 넓은 공터를 지나 현관에 들어서니 한 남자가 계단을 헐레벌떡 뛰어 내려오고 있었다. 사장이었다.

"아이고, 오셨습니까. 이렇게 직접 방문하시니 영광입니다!"

"네. 안녕하십니까? 굳이 안 나오셔도 되는데, 마중까지 나와 주시니 감사합니다."

함께 올라간 사장실은 오래된 담배 냄새로 곳곳이 찌들어 있었다.

"계약서는 출력해 두셨는지요?"

"아, 네네, 그런데 굳이… 전자 날인할 수 있는데 말입니다. 하하."

요즘은 빨간 인주로 도장 찍는 계약은 거의 찾아볼 수 없으니 의아할 만도 하겠지. 하지만 다행히 사장은 이상하게 여기지 않고 금방 계약서에 집중했다. 능글능글한 웃음을 흘리며 어서 계약이 완성되기를 고대하는 눈치였다.

계약서 안에는 지언이 궁금해하는 정보들이 적혀 있을 것이고, 장 대표와 함께 매종을 진행하는 것으로 추측되는 회사의 실체도 알 수 있게 될 것이다. 마지막으로 영원냉동 사장과 수기로 날인한 계약서를 전자 계약으로 변신시켜 그 회사에 전송하면 끝. 최 팀장은 가방에서 인주를 재빨리 꺼내며 연습한 대사를 능숙하게 읊었다.

"아, 제가 아날로그 마니아라서 그렇습니다. 빨간 인주가 살짝 묻어 있는 양각에 입김을 호호 불어서 종이에 꾹 누르면 재밌지 않습니까?"

"하하… 직원의 개인 취향까지도 존중하는 좋은 회사네요. MJ실버산업은."

MJ실버산업? 처음 듣는 회사 이름이었다. 그리고 그들이 찾던 이름일 것이다. 최 팀장은 사전 조사를 하면서 매종 프로젝트의 실무를 담당하는 곳은 당연히 미메시스 연구소일 것이라고 생각했다. 하지만 김근형의 생각은 달랐다. 아마도 나중에 책임을 덮어씌울 작고 말 잘 듣는 회사가 있을 것이라고 했다.

"유령 회사일 겁니다."

김근형의 말이 맞았다. 보통은 그렇게 브리지를 만든다고 했다. 하나가 아니라 여러 단계에 걸쳐 하도급의 하도급, 하도급의 하도급으로 꽁꽁 숨어 있을 수도 있다고 했다. 하지만 지언은 확신하고 있었다. 그 맨 꼭대기에는 미메시스 연구소가, 장 대표가 있을 것이라고.

사장이 잠시 전화를 받으러 나간 사이 계약서를 들춰 보던 최 팀장이 말했다.

"역시 이상한 점이 많아. 재하도급 절대 불가, 기술 자료 제공 요구 절대 금지. 보통의 하도급 계약서에는 '단'으로 시작하는 예외 조항이 있는데 여긴 없어. 너무 심플해."

"그래요? 그럼 뭐, 까라면 까, 이런 건가요? 시키는 대로만 해. 이런 거."

"그렇지. 게다가 금액도 너무 커."

최 팀장은 '제3장 대급 지금' 페이지를 펼쳤다.

"보통은 대금 지급 항목이 제일 길어. 돈이 제일 민감하니까. 그런데 이 계약서에는 대금 지급 항목이 제일 짧아. 심플해. 한데 금액은 어마어마하단 말이지. 40억? 보통 사체 냉장고를 40억 원어치 만들려면, 아마 서울 경기 지역 장례식장에 전부 사체 냉장고를 납품해야 할걸? 이런 작은 중소기업에서 그만한 물량을? 절대 소화 못할 양이야."

"그럼 왜 이렇게 수주비가 높은 건데요?"

"음… 아마도 이 비용이겠지."

최 팀장은 계약서의 맨 뒷장을 펼쳤다. '[별첨] 비밀유지계약서'가 제목인 이 페이지의 내용 또한 간단했다. 모든 제조 기술과 제품 정보를 포함한 전 제조 과정, 그 결과물 전부를 비밀로 유지한다는 조항과, 이 계약을 위반한 당사자는 총 계약 금액의 10배를 배상해야 한다는 협박이 그것이었다.

"뭐야, 이거! '입 닥치고 까라면 까!' 이게 맞는 거네요? 그리고 배상액이 10배? 그럼 400억인데 그게 말이 돼요?"

법에 문외한인 지언이 봐도 비정상적일 정도로 부자연스러웠다. 그때 사장이 들어왔다.

"아이고, 기다리게 해서 죄송합니다. 차라도 내드렸어야 하는데."

말은 그렇게 하면서도 정말 차를 준비하지는 않았다. 법무 팀이 도장 셔틀이라는 걸 아는 거겠지. 빨리 날인만 하고 갔으면 하는 눈치였다. 돈을 버는 일이라면 아마 직원들 입도 꿰맬 수 있을 것 같은 탐욕이 눈에 덕지덕지했다. 정중함보다는 간사함이 느껴지는 사장의 비즈니스 애티튜드를 보건데, 이미 MJ실버산업, 아니 그 뒤에 있을 누군가와 모든 얘기가 끝났을 것이다.

상호 날인과 최종 검토를 한 후, 한 부씩 옆구리에 끼고 악수를 했다. 사장은 급하게 마무리 멘트를 날렸다.

"자, 그럼 계약서 잘 부탁드립니다. 앞으로 충성하기로 했다고 전해 주십시오. 허허."

사장의 간사한 웃음 사이로 누런 이가 모두 드러났다. 그러나 아직 볼일이 남았다. 최 팀장은 진동도 없었던 휴대폰을 귀에 대며 대뜸 일어섰다.

"네? 아, 네네. 잘 만들어지고 있는지, 시, 시찰이요? 저희 법무 팀이 보면 뭘 아나요? 아… 직접 보고 싶은데 시간이 안 나시죠, 그럼요, 이사님이 워낙 바쁘시잖아요. 아유, 그럼요. 제가 해야죠. 제가 안하면 누가 이사님 일을 대신하겠어요. 걱정 붙들어 매시고, 나중에 술 한 잔! 캬!"

최 팀장은 원샷하는 시늉을 하며 사장에게 심각한 눈짓을 보냈다. 전화를 끊자 사장이 다급히 물었다.

"김 이사님이신가요? 왜요, 물건 보고 오라고 하세요? 잘 만들어지고 있는데 왜 그러시지?"

김 이사님? 사장이 '김 이사'라고 했다. 김금희 소장일까? 최 팀장은 목소리를 한껏 깔며 사장의 손을 잡았다.

"김 이사님이 워낙 꼼꼼하셔서 그래요. 대학 선배님이라, 제가 잘 알거든요. 어유, 근데 믿을 건 저밖에 없다고, 워낙 중요한 건이라 제가 꼭 확인해 줬으면 좋겠다고 하시는데 거절을 못하겠네요."

사장은 긴 혀를 날름 내밀어 입술을 축였다.

"네, 당연히 보셔야죠! 저희 공장 전체가 지금 MJ에 총력을 기울이고 있답니다!"

사장은 공장으로 안내하며 연신 "뭐에 쓰실 건지 모르겠지만"이라는 말을 덧붙였다. 그러다가 MJ 직원이라고 생각하는 그들의 눈치를 살피고는 "좋은 데 쓰이겠죠? 허허" 하며 마무리했다. 첫 발주 물량은 90퍼센트가량 완성이 된 상태이며, 납품 전 QC(Quality Control) 단계도 하나하나 꼼꼼하게 진행하고 있다고 했다.

깊은 터널 속에서 검고 두꺼운 거죽 하나가 끌려 나온다. 묵직한 시체덩어리가 든 거죽의 뻣뻣한 지퍼를 우격다짐으로 내리려는 직원의 엄지손톱도 검은 때에 찌들어 있었지. 검고 검은 속에서 검은 인도자의 안내로 세상에 나온 아버지의 얼굴 또한 검게 꺼져 있었다. 지언은 사장이 시연해 주는 사체 냉장고 앞에서 아버지를 검게 물들인 늪을 떠올렸다.

사체 냉장고가 가득한 공장은 어둠의 늪 같았다. 금속의 차가운 냉기가 뼛속까지 전해져 오는 느낌이 들었다. 사장은 QC실에서 품질 검사를 기다리고 있는 10구 기본 사체 냉장고의 문 하나를 열었다. 분명 새것임에도, 시체 썩은 내가 훅 하고 끼쳐 오는 것 같았다. 지언은 구역질을 삼키려 꿀걱 침을 모아 삼켰다. 고개를 숙여 안쪽을 들여다보았다. 이곳의 사체 냉장고는 아버지가 잠들었던 것보다 훨씬 컸다. 게다가 눈에 띄게 다른 점이 있었다. 텅 비어야 마땅한 내부 곳곳에 여러 기계 장치들이 달려 있었다.

"김 이사님이 강조하고 강조하신 이 부분, 냉각 장치를 체온 유지 장치로 교체하는 것에 가장 신경을 썼습니다. 그리고 이 생명 유지 장치들, 아… 이름이 뭐더라? 자꾸 까먹네. 아! 위관영양 공급 장치(구강 영양 공급이 힘든 환자의 위에 구멍을 뚫어 관으로 직접 영양을 공급하는 장치-저자 주)랑 배변 주머니를 장착하는 것은 MJ 연구원님들이 도와주신 덕분에 아주 잘 개발됐어요! 아무 걱정 안 하셔도 된다고 꼭 전해 주세요!"

자세히 보니 사장이 얘기하는 장치들은 흔히 중환자들이 달고 있는 생명 유지 장치들이었다. 게다가 각 칸의 상단에는 심박수나 호흡 등을 체크하는 환자 감시 모니터까지 설치되어 있었다.

"산소 공급도 잘 되게 해 놨기 때문에 아마 여기서 죽는 일은 없을 겁니다!"

지언은 귀를 의심했다. 사체 보관실 안에서 사람 죽는 일은 없다고? 그럼 이 안에 산 사람을 넣어 둔다는 얘기야?

낡은 근육들의 고된 움직임과 쉬어 갈라진 고성 속. 광화문 광장 한가운데에 도진은 멀뚱히 서 있었다. 도원결의의 비장함만은 못했지만 지난 요양원 결의 때 그들은 팀으로 나눠서 움직이기로 했다. 지금 최 팀장과 지언은 영원산업에서 발연기를 하고 있겠지. 도진은 이곳에서 오 박사를 기다리고 있었다.

요즘 오 박사 그러니까 어머니를 자주 만났다. 어머니가 먼저 연락을 해 왔다. 일주일에 한 번 정도는 하늘정원요양원의 식당에서 직원들에 섞여 배식을 받아먹었다. 어머니는 요양원이 가장 안전한 곳이라고 여겼고 도진 역시 요양원이 최선이라 생각했지만, 그럼에도 요양원을 오가는 발걸음이 어머니에게 해가 될까 마음을 완전히 놓을 수는 없었다. 그렇게 불안한 마음을 안고 만나지만 어머니와 함께 있는 동안은 설명하기 힘든 편안함에 휩싸였다. 항상 자신을 괴롭히던 편두통이 사라지는 것처럼 고요했다. 사실 식사하는 동안은 대화도 별로 없었다. 원래도 대화가 없는 모자 사이였으니 어색하진 않았다. 하지만 꼭 식사 마지막에 어머니는 잘 컸다느니 고맙다느니 너밖에 없다느니 하는 어색한 멘트 하나씩을 남겼다.

이런저런 생각을 하는 사이, 어머니와의 약속 시간이 지나갔다. 아직 어머니의 모습은 보이지 않았다. 도진은 어머니가 왜 공개된 장소에서 만나자고 했는지 짐작도 할 수 없었다. 다만, 오늘 이 광장에서 무슨 일이 벌어지고 있는 것만은 분명했다. 긴장이 도진의 심장을 간질였다. 왠지 무슨 일이 벌어질 것만 같았다. 도진은 연신 도리질을 했다.

시위 현장을 둘러보았다. '무임승차 폐지'나 '경로 할인 폐지' 같은 고령층의 구호는, 사실 회사밖에 모르던 도진에게는 처음 만나는 그늘이었다.

나라는 '나'라는 보석으로부터.

지금 정권의 모토이다. 그리고 이 정신이 미미의 근간이다. 나. '나'라는 개인은 너무 소중해. 그리고 완벽해. 나는 뭐든 가능해. 아니, 뭐든 가능하게 만들 수 있어.

세종대왕은 그의 눈앞에 펼쳐진 시민들을 인자한 모습으로 내려다보고 있다. 평생 그가 사랑했던 백성들을 내려다보고 있는 것이다. 하지만 이제 백성들은 그가 창제한 한글을 더 이상 바르고 큰 사람이 되기 위해 쓰지 않는다. 글은 이제 인간에게 밥을 먹여 주지 못한다. 언어는 뇌로 이식되고, 언어로 갈고닦아야 하는 모든 소양은 뉴런들의 빠른 릴레이 작용을 통해 갖춰지니까. 오로지 자기 자신만을 위해 영리해진 백성들은 글을, 책을, 지혜를 더 이상 탐하지 않는다. 이런 백성들을 세종대왕은 어떤 심정으로 바라보고 있을까.

도진의 전화가 울렸다. 어머니였다.

"도진아, 광화문 쪽으로 와. 광장 끝에 있어."

어머니의 목소리는 광장의 소음 속에서도 차분했다. 도진은 광화문 쪽으로 걸었다. 조금 가다 보니 노인 집회에 어울리지 않는 노랑 발랄한 티셔츠를 입은 청년들이 드문드문 보이기 시작했다. 그들은 손에 든 대형 장바구니에서 무엇인가를 한 움큼씩 꺼내어 지나가는 사람들에게 나눠 주고 있었다.

좀 더 가까이 다가가 보니 손바닥만 한 비닐포장의 검은색 물건이었다. 도진은 자연스럽게 스윽 지나치며 하나를 받아들었다. '치매가 걱정되는 노인이라면! 신제품 노화 예방 미미 패치'라고 적혀 있었다. 설명 문구를 읽어 보니 건망증이 있거나 치매 전조 증상이 있는 사람들, 혹은 치매가 두려워 예방을 하고 싶은 사람들이 손쉽게 붙여서 사용하는 1회용 미미 이식 상품이라고 적혀 있었다. 1회용 미미 패치? 제노그룹의 상품일 리는 없다. 상품개발 팀인 도진이 금시초문이니까. 혹시 엉터리 미투 상품인가? 샘플을 뜯어 보았다. 사용설명서에는 동그란 밴드처럼 생긴 패치가 그려져 있고, 그 가운데에 약 열댓 개의 미세침들이 섬세하게 그려져 있었다.

'이건 뭐지? 처음 봐. 한 번도 본 적 없는 상품인데.'

미미 패치에 대한 검색을 시도했다. 어디에도 나오지 않았다. 최근에 시행했던 시장 조사 자료를 클라우드에서 찾아보았다. 나오는 것은 아무것도 없었다.

'전혀. 처음 보는 상품이야. 주사관을 통해 이식하지 않고, 붙여서 미세침에 묻어 있는 약물을 흡수시킨다는 건데. 가능한 걸까? 어머니, 어머니라면 아실 거야.'

어머니에게 보여 줄 요량으로 가방 깊숙이 넣었다. 실제로 분석을 해 봐야 확실하겠지만, 만약 이것이 제형만 변경된 미미라면 실험실에서 증명할 수 있는 것은 미미 약물이 미세침을 통해서도 대뇌피질의 뉴런 활동을 바꿔 놓을 수 있는지를 확인하는 정도이다. 왜 이런 상품을 노인들에게 나눠 주는지는 '증명'할 수 없다. 손바닥만 한 그 작은 물건에 담긴 저의가 무엇일지. 하지만 분명한 건 이것을 막아야 한다는 것이다.

휴대전화가 요동쳤다. 이번엔 지언이었다.

"선배, 우리가 알아냈어요. MJ예요. MJ실버산업!"

도진은 미미 패치의 뒷면을 보았다. 하단에 적힌 제조원이 눈에 들어왔다. 제조원: MJ실버산업. 도진은 고개를 들어 광장의 끝을 내다보았다. 산발적으로 흩어져 있지만 광장의 어디에나 닿지 않은 곳이 없는 노랑 티셔츠들. 그들의 손에는 몇 백 개의 미미 패치가 들려 있을 것이다.

도진은 최대한 많은 샘플이 필요하다고 생각했다. 노랑 티셔츠를 찾아다니며 패치를 받아 가방 깊숙이 넣었다. 서른 개는 족히 모였지만, 도진은 더 많이 받아야 할 것 같았다. 이걸 쓸 노인들에게 하나라도 덜 가길 바라는 마음에서도 그는 계속 패치를 찾아 헤맸다.

그때 노랑 부스 하나가 눈에 들어왔다. 네모반듯 각이 잘 잡힌 부스가 웅장한 광화문을 배경 삼아 서 있었다. 부스에 걸린 대형 스크린에는 돈 좀 있을 법한 노인들의 행복한 모습들—예컨대 거실창 너머로 강남의 야경이 보이고, 11인용 소파에서 한 쌍의 노부부가 영국 왕실 문양이 새겨진 찻잔에 담긴 티를 홀짝거리는—이 반복적으로 등장했고 웅장한 고품격 주택 영상이 따라 붙었다. 도진은 부스 윗면에 걸린 타이틀을 보았다. '치매 없는 건강한 노후는 예방에서 시작됩니다'라는 슬로건 아래에 작게 적힌 이름. MJ실버산업이었다.

부스는 노랑 티셔츠들의 전진 기지 같았다. 테이블당 노랑 티셔츠

하나가 앉아 눈멀고 귀먹은 노인들을 상대로 일대일 전담마크를 하는 중이었다. 그들은 미미 패치의 대상들에게 패드에 적힌 뭔가를 보여 주며 한참 설명했다. 도진은 대기 중인 빈자리에 앉았다. 노인인 줄 알고 각을 잡던 노랑 티셔츠는 도진을 보고는 시큰둥해졌다.

"무슨 일이시죠?"

"…."

도진은 상대가 무슨 얘길 지껄이는지 지켜보자는 마음이 들었다.

"무슨 일이냐니까요."

"저… 저희 어머니가 치매 같기도 하고…."

"유감입니다. 그럼 혹시 어머님 주민번호 아세요? 여기에 신상 정보를 적어 주시면, 샘플을 필요한 만큼 보내드려요."

노랑 티셔츠는 패드를 도진 앞으로 들이밀었다. 패드에는 성명, 주민번호, 주소, 연락처 등 개인 정보를 적는 칸과 함께 깨알 같은 글씨로 약관이 적혀 있었다. 중간중간 '동의합니다'와 '동의하지 않습니다'를 체크하는 칸이 있었지만 '동의합니다' 앞에 있는 네모박스엔 이미 빨간 V 표시가 되어 있었다. 도진은 스크롤을 아래로 내리려고 했지만 노랑 티셔츠는 귀찮다는 듯이 패드를 빼앗아갔다.

"필요 없으시면 가시고요."

도진은 뒷목을 긁적이며 주위를 둘러보았다.

"근데 여기서 나눠 주는 거, 치매에 좋은 거라지요? 오다가 몇 개 받았는데, 치매를 상당히 예방해 준다고 적혀 있더라고요."

"네…. 그렇다고 하더라고요."

노랑 티셔츠는 시큰둥하게 대답했다.

"참 근데 어느 회사에서 만든 제품인가요? 획기적인 걸 보면 다국적 제약사인가요? 화이자? 얀센?"

"글쎄요, 하루 알바라 자세히는 안 봤지요. 근데 그런 덴 아니던데? 완전 허름한 창고 같은 데서 모아 놓고 나눠 줬어요."

부스는 이렇게 으리으리하게 지어 놓고 창고라….

"아, 생각해 보니 좀 이상한 것 같기도 하네요."

"네? 어떤 게요?"

"여기 알바비가 다른 곳보다 두 배는 되기에 두말없이 달려갔어요. 그런데 이 패치들이 잔뜩 쌓여 있는 물류 창고만 덜렁 있었어요. 그리고 여러 대의 운반차들이 미미 패치를 어디론가 실어 날랐는데 저는 그게 여러 곳으로 가는 거라고 생각했거든요. 근데 모두 한 곳으로 간다더라고요."

"한 곳으로요?"

"거기에… 음… 도착지가, 뭐더라? 음."

도진은 입이 바짝 달았다.

"뭐라고 쓰여 있었는데요?"

"무슨… 도서관이라고 했던 것 같아요."

▚ 광장

　광장은 넓다. 사람들이 모이는 곳. 사람들이 많이 모이면 모일수록 좋기에 광장은 넓다. 많은 사람들이 모이면 많은 말들이 섞인다. 그 말들은 때로는 더 좋은 생각으로, 때로는 더 나은 행동으로 나아가곤 했다.

　광화문 광장은 그런 곳이었다. 시대의 흐름을 맺고 끊는 많은 사건들이 이곳에서 펼쳐졌다. 하지만 이제 더 이상 광장은 없다. 공론이라 모여지는 의견 따위는 사라진 지 오래다.

　이순신 동상에서 출발하여 광화문 앞 삼거리까지 가는 동안 지언은 수많은 미미들을 만난다. 오로지 개인의 이익을 얻는 일에만 혈안이 된 사람들의 목소리가 뉴런 다발처럼 뻗어 나가고 있다. 광장 곳곳에 늘어서 있는 각양각색의 부스들. 같은 이슈를 가지고 서로 다른 주장을 하는 두세 개의 부스가 줄 지어 있지만 그들은 바로 옆의 목소리에 절대 귀를 기울이지는 않는다. 마치 호객 행위를 하는 상인들처럼 자신의 이익에 동조를 구하는 데에만 전념한다. 다양성은 중요하지만, 광화문 광장은 다양한 의견을 주고받는 협의의 과정을 통해 하나로 모으는 역할을 더 이상 하지 못한다.

"어휴, 복잡해. 다들 기어 나와서는. 팀장님, 오늘 무슨 날이에요? 뭔 시위가 이렇게 많아요?"

사람들 틈을 비집고 다니느라 개기름으로 촉촉하게 젖은 최 팀장은 손수건을 탈탈 털어 얼굴과 목 구석구석을 닦았다.

"오늘? 아마 건초사(건강한 초고령사회를 꿈꾸는 사람들) 집회일걸?"

"근데 어린 친구들이 더 많이 보이는데요? 왜 다 노란색인 거지?"

지언이 목을 한껏 빼내어 먼 곳까지 내다보니 노랑 도트무늬처럼 보였다.

"그러네. 노랑이 유행인가 보지. 그나저나 도진이는 아직도 오 박사 못 만났대?"

"네, 아까도 못 만났다고 했는데. 지금은 선배까지 전화를 안 받네요…. 빨리 미미 패치인지 뭔지 보고 싶은데…. 혹시 무슨 일 있는 걸까요?"

"설마. 그쪽도 복잡해서 그렇겠지. 작은 진동이 들리기나 하겠어? 이렇게 고막 터지게 진동을 해 대는데."

최 팀장은 쉬어서 더 이상 안 울리는 성대를 긁어 대면서까지 구호를 외치는 건초사의 늙은 선봉장을 연신 흘긋거렸다.

"무임승차 폐지!"

"경로 할인 폐지!"

보통은 세금을 자기 집단에 더 써 달라고 외치는데, 이들은 반대로 외친다. 자신들에게 세금을 쓰지 말아 달라. 오히려 일을 해서 세금을 낼 테니 일자리를 조금만 나누어 달라는 것. 건초사의 주장은 간단하다. 한마디로, '일자리를 달라'는 것이다.

하지만 그 간단한 한마디의 주장조차 어디에서도 받아들여지지 않는다. 인공지능이 대부분의 단순 노무를 대체했다. 인간이 할 수 있는 반 이상의 직업을 기계에게 빼앗겼다. 이제 노인과 청년의 세대 갈등은 일자리를 가운데 둔 파이 싸움이 되었다. 누가 먼저 일을 차지하는가. 한정된 일을 나눠 가지기 위해 아버지와 아들이 싸우는 격이다. 꼰대라는 말은 이제 '좆도 없으면서 말만 많은' 어른들의 대명사가 아니라, '좆도 없이 말만 많으면서 우리 것도 다 빼앗아가는' 어른들을 지칭한 지 오래였다.

화르륵. 펑!

건초사의 시위대 뒤쪽에서 불길이 치솟았다.

"까아악!"

날카로운 고성이 하늘을 찌르자 불길 주위의 사람들이 양 갈래로 갈라졌다. 혼비백산 달아난 사람들이 있던 자리에 불꽃을 뒤집어쓴 로봇들이 수북이 쌓여 있었다. 남자는 철로 된 뼈대들이 불에 타지 않자 그 위에 휘발유를 더 뿌렸다. 30대 초반이나 되어 보이는 청년이었다.

"무슨 일이야? 저 비싼 것들을 왜 태워?"

최 팀장은 사람들을 비집으며 그쪽으로 방향을 돌렸다. 오지랖으로 어깨뽕이 단단히 올라가 있었다. 지언도 바짝 따라붙었다. 남자는 불타는 로봇더미 앞에 세 개의 이젤을 놓고 그 위에 매직으로 적어 내려간 대자보를 붙여 놓았다.

"청년 창업 지원 철폐하라!"

남자는 목청이 터지도록 외쳐 댔다. 그런데 지언은 그 목소리에서 분노보다 슬픔이 느껴졌다. 그의 사연은 이러했다.

택시 업계는 4차 산업혁명의 가장 큰 기술적 진보를 보인 분야이자, 가장 사람을 많이 죽인 분야였다. 2023년 중국에서 로봇 택시가 출시된 후 곳곳에서 택시를 탄 채 분신을 하는 기사들이 기하급수적으로 늘었다. 대한민국 정부는 10년간 기사들을 보호한다는 시늉은 했지만 결국 얼마 전 '택시운송사업자 단일화 특별법'을 통과시켰다. 로봇 택시로 일원화하겠다는 내용이었다. 택시 기사를 지원하던 예산을 거두어들이는 동시에, 그 예산을 그대로 청년 창업 지원에 쏟아붓겠다는 내용이 포함되어 있었다.

남자가 운영하는 스타트업 기업에서 그 예산을 지원받았다. 그가 개발한 심리 상담 로봇을 완성시킬 만한 액수였다. 하지만 그 지원금이 입금되던 날, 남자의 아버지가 분신자살을 했다. 아버지가 20년간 운전하던 택시 안에서.

〈로봇 택시로 통일하고 청년 지원 돌려막기〉, 〈사람 지원 끊고 로봇 지원 확대〉. 지언도 이미 다 본 뉴스의 헤드라인이다. 기사의 말미는 대부분 이런 식으로 끝을 맺었다. "아플 때 의료 지원해 주고, 치매에 걸려도 종신으로 보호해 주니 택시를 잃은 기사들에게 정부 지원을 끊은 것은 아니다."

남자는 외쳤다.

"아버지 살려 내, 이 개새끼들아! 돈 필요 없다고! 아버지 살려 내라고!"

남자의 외침은 점점 거세졌으나 듣는 이들은 점점 줄었다. 불은 로봇을 태우지 못하고 이미 꺼져 버렸다. 경찰 두세 명이 달려왔다. 남자는 아버지를 돌려달라고 경찰들을 향해 끊임없이 외쳤다. 경찰은 남자의 양팔을 뒤로 포박하고 무릎을 꿇렸고 남자는 쓰러지지 않으려고 안간힘을 썼다.

참을 수 없이 위장이 울렁거렸다. 지언은 남자와 남자의 아버지가 마주앉은 술상이 그려졌다. 밥을 먹거나, 술을 먹거나, 아니면 그냥 아무 말도 하지 않고 그저 마주 보고만 있어도 되는 그런 사람이 있다. 그냥 존재만으로도 소주가 달아지는 그런 기억. 지언에게도 생각나는 사람이 있다.

"멈춰! 그만두라고!"

지언의 몸이 용수철처럼 튀어나갔다. 경찰들을 제압해야겠다는 생각밖에 없었다. 왠지, 아버지들의 숱한 한이 경찰의 올가미에 갇혀 그대로 사라질 것만 같았다.

"집시법에 의거, 연행해야 합니다. 방화는 불법이에요."

"에이씨, 이 사람 아버지가 죽었다잖아!"

경찰들은 멈추지 않았다. 하지만 그때 지언의 눈에 들어온 것은 경찰 너머에 있는 오 박사였다. 오 박사는 혼자가 아니었다. 나이 지긋한 두 사람과 함께 이쪽을 향해 걸어오고 있었다.

"이눔 식기들아! 조용히 안 혀?"

오 박사의 뒤를 따라오던 할아버지의 걸걸한 목소리는 분위기를 압도했다. 노인은 지언과 최 팀장 쪽을 바라보며 찡긋 눈짓을 하더니 만면에 미소를 지으며 경찰들 손을 덥석 잡았다. 경찰과 안면이 있는 듯했다.

"거시기하게 정리하시자고. 불도 다 꺼졌고, 뭐 거진 수습한 거나 진배없응게."

"그렇지, 뭐. 여기 젊은 인부들도 있고 하니까, 우리가 알아서 정리할 거고만."

인부들이라. 지언과 최 팀장을 지칭하는 것 같다.

"아이고 회장님. 그러시면 안 되죠. 저희가 데리고…."

"아따! 저짝 청계천 쪽 난리 났을 때 기억 안 나능가! 자네들, 종로 파출소들 우리 덕 안 본 데 없잖여! 우리 솜씨 알잖여, 안 그런가!"

"그럼 잘 좀 부탁드려 보지요."

경찰들은 후련치 않은 표정이었지만 슬금슬금 물러났다. 있던 난

리를 없던 일로 정리하는 일은 그대로 그들에게 남긴 채로.

1인 시위하던 청년을 달래며 제정신을 찾아 주는 할아버지들은 상당히 민첩하고 인자해 보였다. 게다가 경찰을 몇 마디로 제압한 할아버지들이라니. 분명 오 박사와 함께 왔다. 그런데 왜 낯설지 않지? 지언은 최 팀장과 함께 어지러운 시위 현장을 대강 수습하는 중에도 할아버지들에게서 눈을 뗄 수 없었다. 이건, 어디선가 본 듯한 장면이다. 가슴 깊은 곳에서부터 지언을 자극하는 먹먹한 기시감이 올라왔다. 지언은 할아버지들을 돕고 있는 오 박사에게 물었다.

"박사님, 저분들 누구세요? 왜 박사님이랑 같이 오신 거죠?"

"지언 씨. 곧 알게 될 거예요."

곧? 분명, 본 기억은 있다. 오 박사가 최 팀장에게 다가가 그동안의 진행 사항을 이야기하는 동안 지언은 오지 않는 기억의 끈을 당겨 올리기 위해 미간을 있는 힘껏 눌러 본다. 하지만 떠오를 듯 말 듯 아슬아슬하다.

할아버지들이 시위 청년을 배웅했다. 그런데 할아버지의 입에서 튀어나온 두 단어가 지언의 귀에 꽂혔다.

"젊은 양반, '서로 함께' 애써 보자고. 은젠가 좋은 날도 올 텐게."

서로 함께. 이 말이 지언의 기억에 작동 버튼을 눌렀다. 아버지가 지은 이름이다. 배웅을 마친 할아버지들이 뒤를 돌아 지언과 마주치자 갑자기 호통을 쳤다.

"뭐 좋은 거라고 여길 와, 오길!"

오래전부터 알고 지낸 이를 닦달하는 정감 어린 호통. 그래, 그들이다. 가래가 그릉그릉 끓는 할아버지의 독특한 음성, 아니 그땐 아재라고 불렀다. 삐딱하게 짝다리를 짚은 할아버지는 송가 아재, 그 옆에 정중하게 두 손을 모은 다른 할아버지는 회장 아재다. 송가 아재는 항상 작업복 같은 남색 점퍼에 통이 넓은 체크 양복 바지를 입고 다녔었는데 오늘도 단벌 그대로였다. 양손을 주머니에 찔러 넣을 때면 조물조물 대는 그 불룩한 주머니에 뭐가 들었는지 어린 지언은 항상 궁금했었다. 자색 양복 차림의 회장 아재는 그때나 지금이나 푸근하고 진중한 분위기다. 맞잡고 있는 회장 아재의 두 손은 하고 싶은 말을 가득 쥐고 있는 것처럼 무거워 보였다.

"지언 군, 아버지는 자주 찾아뵙고 있나? 이런 데서 어슬렁거리면 하늘에서 아버지가 좋아하시겠네."

회장 아재의 입에서 자기 이름이 나오자 지언은 몸서리쳐지게 싫었던 그날의 기억이 떠올랐다.

2029년 겨울 초입. 청계천은 여느 해와 다름없이 눈부시게 화려했다. 서울 빛초롱 축제는 매해 십 수 억의 등불을 밝혔고, 그해에도 물줄기를 따라 사람 줄기도 늘어섰다. 아버지와 헌책방연합회원들은—남은 회원은 고작해야 아버지, 회장 아재, 송가 아재뿐이었지만—축제의 빛을 조명 삼아 조용히 책을 옮겼다. 겨우 빌린 1톤 트럭

한 대로 수십 차례 오고 가야 했지만 아버지는 기어이 그걸 해내고 야 말았다.

청계천 헌책방 거리는 청계천이라는 이름이 오랫동안 붙어 있었음에도 불구하고 청계천 문화에서 이미 오래전부터 소외되었다. 오히려 동대문 패션타운들에 기생하며 옷을 사러 온 고객에게 책을 팔아야 했던 곳. 아버지가 죽을힘을 다해 지키려 했던 곳은 그런 곳이었다. 지언뿐 아니라 모든 사람들에게 헌책방 거리는 현재의 상점이 아니라 시대의 유물이 되어 버린 곳이었지만 아버지에겐 일생이었다. 그렇기에 아버지는 죽을 때까지 책을 지키다 죽을 거라고 입버릇처럼 말하곤 했다. 그러나 하나둘 떠나는 동료들은 잡지 못했고, 구도심 정비 사업 때문에 청계천 헌책방 거리마저도 사라질 판이었다. 그럼에도 아버지는 새로운 꿈을 꾸었다.

아버지가 책들을 옮겨 놓은 곳이 바로 광화문 광장의 지하라고 했다. 시민의 정부를 표방하던 시절 서울시는 광화문 광장 아래를 파내어 '시민의 공간'을 만들었다. 하지만 정부가 바뀌자 핵심 정책이 바뀌었고, 관리가 소홀해지자 시민들의 발걸음이 끊겼다. 운영비만 축나게 되자 결국에는 폐쇄의 기로에 서고 말았다. 정부 사업으로 이뤄진 공간의 대부분이 그렇듯, 아무도 신경 쓰지 않았다. 헌책방 협회는 헐값에 나온 민간 분양 공고에 가진 돈을 모두 털었다. 그렇게 광화문 지하는 아무도 모르는 헌책들의 아지트가 되었다. 아버지와 아재들은 아직 책을 찾는 사람들이 남아 있을 것이며, 전국에 흩어져 있는 헌책방들을 한데 모아 유래 없는 문화 공간을 만들 것이라며, 모두에게 환영받는 오픈식을 꿈꾸었다.

하지만 오픈식은 이뤄지지 않았다. 책이 필요 없어지는 세상에 서점이 다 무슨 소용인가 말이다. 웬만한 대형 서점들은 이미 미메시스 산업으로 전환했고, 예스알라딘 같은 거대 온라인 중고 서점들도 전부 이탈한 상태에서, 손바닥만 한 가게에서 몇 천 원도 안 되는 책값 받아 연명하는 헌책방 주인들에게 과연 무슨 희망이 있겠는가. 오로지 자기 목소리 내세우기 바쁜 광란의 광장 아래, 아무도 찾지 않는 어두컴컴한 지하 동굴이 희망일 리 없다.

'서로(書路) 함께'. 아버지가 지은 지하 서점의 이름이 이것이었다. '서로'를 '글 서(書)'와 '길 로(路)'로 해석했다는 것에 두 아재들로부터 열렬한 박수를 받았다고 으쓱하던 아버지의 모습이 기억의 밑바닥에서 머리 꼭대기로 떠올랐다.

"그래서 그게 무슨 뜻인데?"

해맑게 묻는 지언에게 아버지가 준 대답은 오래도록 지언의 뇌리에서 지워지지 않았다.

"책은, 함께하는 길이라는 뜻이다."

책이 함께하는 길이라고? 책 가지고 함께 뭘 하는데? 이제는 아무도 책을 보지 않는다고, 당신도 다른 일을 알아봐야 하지 않겠냐고, 엄마가 아무리 애원해도 아버지는 듣지 않았다. 배를 곯는 날이 많아졌고, 그만큼 아버지를 원망하는 날이 많아졌다. 아버지가 '서로함께'에 빠져 집에 못 오는 날이 많아졌고, 엄마 또한 어렵게 구한 병원 허드렛일을 하느라 집에 오지 못하는 날이 많아졌다. 그렇게 혼자 지내는 날이 많아지면서 지언은 아버지를 점점 증오하게 되었다.

아버지는 헌책방연합 서점의 폐쇄된 정문을 영원히 열지 못했다. 헌책방 주인들을 설득하기 위해 인천으로, 속초로, 대구로 전국곳곳을 다니다가 문 닫힌 헌책방 앞, 인적이 드문 골목에 쓰러져 다음 날 발견되었다. 뇌경색을 맞이한 채로 하루를 보낸 아버지는 그날로 입원하여 다시는 엄마와 지언을 제정신으로 알아보지 못했다.

그런데 지금 지언의 앞에 그들이 있다. 지언에게 가난한 20대를 선사한 사람들이. 그리고 발밑에는 그곳이 있다. 아버지가 그토록 열고 싶어 했던 곳, 그러나 아버지를 앗아간 그곳이. 또 하나 분명해진 것이 있다. 왜 편의점에 최 팀장이 찾아왔는지, 왜 미미의 실체 속으로 자꾸 빨려 들어가는 건지 이젠 분명히 알 수 있을 것 같다.

서로함께. 서로함께, 가야 하기 때문이다.

// 서로함께

세종대왕 동상 뒤쪽에 원래의 정문이 있었다고 했지만, 서울시에서는 그쪽 문을 폐쇄하는 것도 모자라 시멘트로 발라 버렸다. 그들은 두 아재를 따라 지하 공영 주차장에서 통하는 쪽문으로 들어왔다. '관계자 외 출입금지'라는 푯말이 보였다. 관계하고 싶지 않은 아버지의 공간에 이제 지언은 관계자가 된 것일까.

쾌쾌한 지하 냄새가 났지만, 폐쇄되기 전에는 잘 정비된 채로 사람을 맞았을지도 모를 여운이 남아 있었다. 바닥과 천장을 이어 놓은 철제 장에 가로로 잘게 나무판을 대어 만든 책장들. 그런 책장들이 수백 개의 열을 이루며 끝을 알 수 없는 미로를 만들었다. 양옆으로 빼곡히 들어찬 책들은 좌향좌 우향우를 외치면 일제히 착 하고 그들을 돌아볼 것 같은 완벽한 대형이었다. 지언이 20년 넘게 지켜본 낯익은 풍경, 놀이터이자 공부방이었던 곳. 이곳은 책방이었다.

지언은 지금 아버지의 꿈이자 인생의 한복판에 서 있다. 겨우 여기였다니. 아무도 모르고 알아도 아무도 관심 갖지 않을, 고작 시멘트 몇 덩어리와 같이 취급되는 냄새나는 지하 공간. '서로함께-천국헌책방'이라 새겨진 세련된 명함을 받던 날, 아버지는 그 명함을 지갑의 주민등록증 자리에 구겨지지 않게 조심조심 끼워 넣었다. 하지만 그 설렘과 희망은 아버지의 지갑에 갇혀, 이 지하 공간에 갇혀 광장 밖으로 나오지 못했다. 아버지가 그토록 원했던 책의 부활은 이런 지하 쓰레기장에 가지런히 처박혀 버리지 않았는가.

지언은 발걸음을 들여놓기가 쉽지 않았다.

"지언아, 아버지 책들 기억나나?"

먼지 쌓인 아버지의 책들 앞에서, 코너에 작게 새겨진 '청계천 천국헌책방' 소간판 앞에서 회장 아재가 지언에게 말을 건다.

"예, 기억나요."

지언은 회장 아재가 아닌, 아버지의 책들에게 답을 건넨다. 켜켜이 쌓인 책들은 습기를 머금고 눌려 고불고불한 세월의 주름을 품고 있었다.

아버지의 책들은 참 볼품없었다. 절판된 책들은 아무도 안 찾는 책 아니냐고 해도, 언젠가 누군가에게는 꼭 도움이 될 거라며 소홀히 다루지 않았다. 오래된 책들은 또 너무 구시대적 사고방식이어서 홀대받는 게 당연하다고 해도, 모든 순간 모든 이들의 역사라는 말로 또 그대로 주워다가 책장에 진열했다.

회장 아재는 지언을 보며 그 아버지를 떠올리는 모양이었다. 서가에 비스듬히 기대어 지언을 바라보다가 뭔가 생각이 난 듯 손뼉을 탁 쳤다.

"참! 자네가 보면 좋아할 게 하나 있네. 그걸 드디어 줄 수 있게 되었구먼."

회장 아재는 천국헌책방의 서가를 이리저리 둘러보다가 한 곳에 멈춰 서고는 제일 꼭대기 칸에 사다리를 댔다. 검정색 가죽 모서리가 벗겨진 낡은 상자를 꺼내어 내려오는 아재는 뭔가 설레는 면이 있는 듯 끄응 하는 소리도 힘찼다.

"자네 아버지 물건인데, 아마도 책들에 딸려서 온 모양이야. 버리긴 뭐 해서 여기 보관하고 있었지."

뚜껑을 열자마자 피어오르는 먼지 사이로 누런 종이 냄새가 훅 끼쳤다. 맨 위에 보이는 것은 지언이 즐겨 쓰던 라면 받침, 아버지의 작은 좌탁에서 제일 얇고 가벼워 지언의 선택을 피해갈 수 없던 책, 노자의 『도덕경』이 있었다. 생각해 보면 아버지는 이제 아무도 거들떠보지 않는 기원전의 철학자를 무척이나 아꼈었다.

모서리부터 부서질 것처럼 바스락거리는 낡고 낡은 책에는 동그란 냄비 자국만이 변치 않고 선명했다. 검붉게 변한 라면 국물 아래로 연필로 그려진 책표지가 유난히 눈에 거슬렸다. 자기 자신의 시간을 온전히 보냈을 법한 고목나무의 뻗어나간 가지들이, 마치 회사에서 익숙하게 봐왔던 뇌신경 뉴런의 가지치기와 비슷해 보였기 때문이다.

"흐르는 대로 살아, 자연스럽게. 억지 부리지 말고."

지언이 역사연구원 시험에서 떨어진 날, 아버지가 끓여 준 라면은 유난히 맛있었다. 그 맛이 너무 좋아서 면발을 훅 빨아들였다. 매운 기운이 기도로 넘어가 죽을 듯이 기침이 나왔었다. 살려고, 살아 보려고, 기침을 했다. 그 사소한 고춧가루의 기운을 떨쳐내 보려고, 자꾸 떨어지는 걸 억지로 붙잡고 버텨 보겠다고, 기침을 했다. 연구원 명함 하나 얻어 보겠다고, 기침을, 콧물을, 눈물을, 얼굴 전체로 뜨거운 기운을 뿜으며 발악을 했다. 아버지, 컥컥, 아버지. 제 인생은 왜 이렇게 자꾸 빈 깡통이죠? 남들은 척척 해내는 숙제, 나만 빈 노트예요. 나만….

책을 열자 그때 아버지가 해 준 말이 들리는 것만 같았다. 그만하면 됐다고 했다. 너무 억지로 애쓰지 말어. 하늘과 땅이 영원한 것은 자신이 살려고 하지 않기 때문이라고 하잖어. 빈 곳이 있는 이유는 언젠가는 채울 것이 있기 때문이니까. 빈 채로 있는 것도 괜찮어. 여봐, 작은 고춧가루라도 숨구멍으로 들어가면 기도 전체를 막고 식도로 들어가면 면발, 국물, 계란과 잘 어우러져 흘러가잖어.

"너희 아버지가, 널 엄청 자랑하고 다녔었지. 자기보다 멋진 어른이 될 거라면서 말이다."

회장 아재의 말이 지언은 이해가 되지 않았다. 시대가 중히 여기지도 않는 학문에, 돈도 많이 못 버는 연구원직을 하겠다는 아들이 뭐가 자랑스럽다는 건지. 게다가 경쟁률도 세지 않은 시험에서 매번 떨어지는 아들이.

"넌 삼국사기가 아니라, 삼국유사라는 거야."

"삼국유사요?"

"남들이 기록해 주기 원하는 역사를 답으로 적지 않는 녀석이라면서, 분명 자기 역사를 만들 거라고 말이야. 꼰대… 책방이랬던가? 그 채널 보여 주면서 어찌나 자랑을 하던지. 허허허, 자기보다 멋진 어른이 될 거라고 자주 말하곤 했어."

멋진 어른. 아버지는 채널을 한 번도 보지 않았다고 했었는데. 한때 불장난이나 젊은 객기가 아니라 '멋진 어른'이라니. 그럼 아버지, 지금은 어디쯤일까요. 갑자기 지언은 무게추라도 단 듯 어깨가 무거워졌다.

도진을 기다리는 오 박사는 평소와 다르게 초조해 보였다. 오 박사의 굳은 심지를 닮은 가늘고 긴 손가락이 오므라들었다 펴졌다 하며 좀처럼 가만히 있질 않았다. 조금이라도 위로가 될 수 있다면… 최 팀장은 그녀의 손을 잡아 주고 싶은 충동을 느꼈다. 오늘은 평소보다 조금 더 가까이 다가가 볼까. 도진을 만나기 전까지는 그래도 평정심을 유지하는 듯 보였는데 요즘은 불안한 표정이 더 자주 엿보였다.

최 팀장은 주머니를 뒤져 보았다. 트윅스 몇 개가 손에 잡혔다. 그것을 꺼내 오 박사에게 전할 수 있을지 주물럭거렸지만 트윅스는 주머니를 빠져나오지 못했다. 우물쭈물하는 사이 오 박사의 눈에 눈물이 고였다.

"박사님, 무슨 걱정 있으십니까?"

"…."

"말씀해 주십시오, 오 박사님. 혼자서 감당하실 수 없다는 거 아시잖습니까?"

"혼자… 그렇겠죠…."

오 박사는 한참 동안 말을 멈추었지만 최 팀장은 기다리지 못하는 남자가 아니다.

"혼자 해결할 수 없는 일이죠…. 맞아요. 그래서 제가 최 팀장님께 연락드린 것이고… 헌책방연합회도 합류하게 되었죠. 그런데…."

오 박사는 다시 시간을 흘려보냈다. 차라리 눈물을 흘렸으면 좋겠군, 그럼 닦아 줄 수 있을 텐데. 최 팀장은 생각했다.

"그런데 도진이까지 말려들게 해 버렸네요. 이 위험한 일에… 내가 벌여 놓은 일에. 아들까지. 이렇게 만들고 싶지는 않았어요. 정말… 내 계획은 이게 아니었는데…."

"도진이 걱정은 안 하셔도 됩니다. 보기보다 강한 친구입니다. 오박사님을 닮아서."

최 팀장은 말을 멈추었다. 그녀가 울고 있었기 때문이다.

"혼자… 혼자 남게 만들고 싶지 않아요. 도진이 혼자… 나까지 사라지면 우리 아들 혼자 남게 될 텐데…. 그럼 어떡하나요. 장 대표가 날… 나를 찾고 있어요. 코앞까지 다가온 느낌이에요. 그 비열한 눈빛이 느껴져요. 장 대표는 나도, 성 박사처럼 나도….”

최 팀장은 구겨진 손수건을 꺼냈지만, 그것은 얼굴을 감싼 그녀의 손에 가 닿지 못했다. 그렇게 오 박사의 흐느낌은 계속되었다.

얼마나 지났을까. 최 팀장은 탕비실을 찾아 따뜻한 물 한 잔을 가져왔고 그 사이 오 박사는 다시 차분해졌다. 그것은 최 팀장이 그녀에게 말 붙이기가 한결 수월해졌다는 의미이지만, 한편으론 아쉬운 기분도 들었다.

“오 박사님. 그런데 장 대표가… 그 자식이 왜 박사님을 찾는 겁니까? 박사님은 이미 숨어 살고 계신데, 미미의 부작용을 알고 있는 박사님을 찾아서 득을 볼 게 없지 않습니까. 매종도 이미 사업을 시작한 걸 보면 그것 때문도 아닌 것 같고 말입니다.”

다시 단정한 얼굴을 되찾은 오 박사였다.

“최 팀장님. 그 일은 모였을 때 말씀드리죠. 그리고… 아까 일은 못 본 걸로 해 주세요.”

오 박사는 마침표처럼 똑 떨어지게 자리를 떠났지만 최 팀장은 조금 전 그녀의 모습은 반드시 혼자만 간직하겠노라고 다짐했다.

텅, 텅, 텅!

관계자의 출입을 금하는 간이문이 책방을 울렸다. 도진이 먼저 도착했고, 뒤이어 지언의 엄마, 김봉자 여사와 조현진 복지사도 연락을 받고 도착했다. 김 여사는 헌책방연합회의 아재들을 보고 눈이 퉁퉁 붓도록 울었다. 낡은 상자 속 아버지의 흔적들과 직접 쓴 손 글씨를 어루만지며 한참을 침묵했고, 천국헌책방 코너의 뼈대를 채운 허름한 책들을 조심스럽게 만져 보기도 했다. 지언과 김 여사는 한참을 아버지의 책방에 머물렀다.

그 사이 도진도 오 박사와 책방을 둘러보았다. 회장 아재는 도진에게 책방을 안내해 주겠다면서 이리저리 끌고 다녔지만 그 뒤에서 도진은 오 박사에게 미미 패치에 대해, 그것을 발견하고 잠입 수사까지 혼자 해낸 자신에 대해 썰을 푸느라 정신이 없었다.

"예방?"

"네, 치매 예방을 해 준다고 했어요."

"치매 예방 패치는 20년 전부터 있었어. 보통은 리바스티그민(rivastigmine: 기억, 학습 등과 관련된 신경전달물질인 아세틸콜린의 대사 작용에 관여하는 약물-저자 주) 같은 아세틸콜린 촉진제. 그런데 타인의 밈을 주입해서 치매 예방을? 그건 말도 안 돼. 불가능한 기전이야."

그럼 도대체 미미 패치의 정체는 뭐란 말인가. 오 박사의 미간에는 주름이 깊어졌다.

서가의 끝을 찍고 돌아 나오는 길에 송가 아재를 만났다. 한쪽 구석에 마련된 것은 작업대처럼 보였다. 송가 아재는 다 떨어져 나간 『도덕경』을 수리하고 있었다. 눈가가 아직 촉촉한 지언과 김 여사가 그 옆에 쪼그려 앉아 아버지의 낡은 책이 깨끗하게 탈바꿈되는 모습을 보고 있었다. 청계천에서 헌책 수리공으로 유명했다는 송가 아재는 낡은 책을 접착제와 물풀, 양면테이프, 그리고 신용 카드 한 장으로 새 책처럼 만드는 장인이었다. 조각조각 떨어진 제본은 타카 몇 방에 다시 단단히 뭉쳤고, 벌어진 표지는 얇은 양면테이프로 내지와 해후했다. 코팅이 벗겨져 색이 바랜 표지 일러스트는 투명 매니큐어와 네일 드라이어를 몇 번 오가며 한결 선명해졌다. 세월을 감당하느라 누래진 내지의 옆면을 여자들이 쓰는 파우더 팩트로 하얗게 변신시키자 책은 세상에 처음 나왔을 때의 긴장감을 그대로 간직한 듯 정갈해졌다. 송가 아재는 새 책이 된 『도덕경』을 지언에게 안기며 말했다.

"아부지가 다시 돌아왔구먼."

그 모습을 지켜보던 도진이 오 박사에게 물었다.

"저런 건 어떻게 터득할 수 있는 거죠? 과학자도 저런 건 설명 못하죠?"

"지혜라는 게 과학으로는 어떻게 안 되더구나."

아차, 미미는 지혜 연구에서 시작됐었지. 도진은 어색함을 지워 보려 괜한 말을 꺼낸 것을 후회했다.

"지혜를 연구해 보니… 뇌의 4 영역이 연관이 있었어. 그중에 세 영역이 전두엽에서 발견되었지. 감정 조절과 모호함을 관리하는 배외측 전두엽, 자기 반성과 결단을 주관하는 복내측 전두엽, 그리고 내적 충돌의 자취를 확인할 수 있는 전전두엽 피질이 그곳인데, 이 세 영역은 스스로 움직이지 않더라. 서로 신호를 주고받았지만 어떤 지령이 내려져야 움직이는 거야. 그 지령을 내린 곳은 피질이 아닌 마지막 한 영역, 변연계였어. 포유류의 뇌라고도 불리는 곳. 인간의 뇌인 대뇌피질보다 미개한 영역이라는 변연계가 움직여야 전두엽 내에서 지혜로운 판단이 생성되는 거야. 참 아이러니하지 않니? 과학은 아직 인간의 본능은 정복하지 못했어. 지혜도 마찬가지야. 구체적으로 변연계가 어떤 작용을 통해 전두엽의 지혜 발현을 통제하는지 그걸 밝힐 수가 없었단다. 그건 마치… 우주를 움직이는 어떤 질서를 인간이 절대 알 수 없는 것처럼, 짐작조차 할 수 없었지."

그러자 언제 듣고 있었는지, 송가 아재가 이렇게 받는 것이었다.

"고맙구먼. 우주 질서를 건드리지 않아 줘서. 크흐허허허."

유리로 둘러쳐진 작은 공간은 사무실로 꾸며졌다. 나름 인테리어라고 해놓은 아재들의 솜씨는 올드했지만 꽤 괜찮았다. 한겨울 숲 한가운데 자리한 오두막처럼 따뜻한 온기가 묻어 있었다. 간이 의자를 몇 개를 더 펼쳐 동그랗게 놓아 주는 송가 아재 옆으로 회장 아재, 오 박사, 최 팀장이 나란히 앉았고 테이블 맞은편에 도진과 지언, 김 여사와 조 복지사가 앉았다. 모두 모여 앉으니 작은 유리 오두막이 꽉 찼다.

"자, 이제 보따리 좀 풀어 보든가."

구수한 송가 아재의 목소리가 적막해진 분위기를 깨웠다. 마주 앉으니 지언은 잠시 잊고 있던 시체 보관실이 떠올랐고 도진은 노랑이들의 미미 패치가 생각나 등골이 시렸다.

"제가 먼저 풀어 보죠."

도진은 가방에서 미미 패치를 꺼냈다. 꼿꼿이 세운 검지 끝으로 뒷면의 MJ를 짚었다.

"분명 여기예요. 미미를 패치 형태로 만들어서 나눠 주고 있었어요. 이게 뭔지 아세요? 신종 파킨슨병 유발 인자를 중뇌에 직접 심어주는 상품이에요. 분명해요. 그렇죠, 어머니? 예방이 아니라 파킨슨병 그 자체예요. 바로 여기!"

도진은 목에서 머리로 이어지는 움푹 파인 부위를 손가락으로 가리켰다.

"중뇌에 직접 들어가는 거죠."

미미 패치를 만지작거리던 최 팀장은 영원산업에서 가져온 계약서 사본과 미미 패치를 번갈아 보다가 도진에게 물었다.

"이 미미 패치, 본품이 있던가?"

"아직 제대로 알아보진 못했지만 얼마 전에 회사에서 대대적으로 경쟁품 조사를 진행했었는데, 이런 상품은 전혀 없었어요."

"그렇지. 그렇겠지…. 본품이 있을 리가 없어. 샘플링용으로만 만들었을 테니까."

"네? 그게 무슨 말이에요?"

최 팀장은 도진의 가방을 뒤집어 미미 패치들을 쏟았다. 검은 미미 패치들이 테이블을 가득 채웠다.

"본품이라면 정부의 감시 아래 있을 수밖에 없어. 하지만 샘플이라고 제공되는 상품들은 그 감시망에서 자유로울 수 있지. 아마 이건 샘플만 돌릴 거야."

도진이 벌떡 일어났다.

"그래, 맞아! 그 부스에서 들었어요. 개인 정보를 입력한 사람들에게 샘플을 보내 준다고. 그것도 필요한 만큼 보내 준다더군요."

"아! 혹시 그거 아닐까요? 다 쓰고 다시 신청하면 보내 주고, 또 보내 주고, 또 보내 주고. 그래서 계속 쓰게 만드는 거."

지언의 말에 침묵이 흘렀다. 아무도, 아무 말도 하지 못했지만 모두들 수긍한 것이다. 검은 저의가 가득 담긴 검은 패치. 송가 아재는 미미 패치를 이리 만져 보고 저리 만져 보다가 겉봉을 뜯어 목 뒤에 대 보았다.

"싸하네. 목 뒤가 싸해."

놀란 오 박사가 패치를 급하게 떼며 말했다.

"안 돼요. 절대 붙이지 마세요. 머리가 시원해지는 느낌 때문에 다음에 또 붙이고 싶어질 거예요. 여러분, 우린 이 MJ의 실체를 찾아야 해요. MJ가 매종의 핵심이 분명합니다. 그리고 어떻게든 장 대표와 연결이 되어 있을 거예요. 현재까지는 어떤 연결고리도 발견되지 않았지만… 분명 장 대표 머리에서 시작한 일임이 분명해요."

왜 노인들에게 미미 약물을 넣어 주려고 하는 걸까. 가볍게 살짝 떼어 붙이는 손쉬운 행위만으로, 부담 하나 없는 방법으로 말이다. 사소한 예방 습관이 중요하다고 속여서 넣어 주는 약물이 노인들을 움직일 수 없게 만든다. 말도 할 수 없게 만든다. 이유도 모른 채, 증거도 남기지 않은 채 신종 파킨슨병에 걸려 서서히 아무런 항거도 하지 못하는 시체가 되어 간다. 치매 안 걸리겠다고 붙이는 패치가 정신만 살아 있는 시체로 만들어 가는 줄도 모르고.

외면하고 싶었던 진실은 회장 아재 입에서 이어졌다.

"'서로함께'도, 다른 도서 사업들도 미메시스 덕에 죽어 나갔지. 몸집 큰 중고 서점들도 버텨 내지 못했으니 말 다한 거 아니겠나. 지식문화사업의 선두라고 외치던 제노그룹이 미메시스에 먹혔으니 뻔한 결론이었지."

최 팀장은 괜스레 고개가 숙여졌다.

"열 명 남짓이던 우리 헌책방연합 회원들도 하나둘 떠나고… 지언네도 쓰러지니 우린 더 이상 이곳을 유지할 수 없었어. 남은 사람은 우리 둘뿐이었지만 그냥 앉아 있을 수만은 없다고 생각했지. 책 쉼터 사업으로 비영리단체를 등록한 후에 요양원들을 돌았어. 보람 있는 일이니까 힘들지가 않더라고. 그런데 여러 요양원을 돌다 보니 좀 이상한 거야. 비상식적으로 심각한 증상을 보이는 환자들이 늘어나는데, 요양원들은 너무 평온했지. 게다가 들리는 이야기가 심상치가 않더라고. 처음엔 소문이 그렇게 구체적이진 않았어. 하지만 우리가 누군가. 수천 권 책과 함께 평생을 보낸 우리가 아닌가. 허허허. 요양병원 재벌이라고 불리는 의료재단이 하나 있는데, 사실 의료재단이라고는 하지만 사람 목숨 갖고 국가지원금 뜯어내는 양아치 집단이나 다름없는 놈들이지. 알아보니 그 재단이 엄청난 돈을 받고 요양병원을 팔았다더군. 시가보다 몇 배의 돈을 받을 수 있었던 것은 명의를 유지해 주는 대가였다는 거야. 아마도 그 명의는 양아치 몇 명의 이름이겠지만. 우리는 너무 궁금했어. 더 많은 곳을 돌면서 수소문을 해 보니까, 그걸 나라에서 사들였다는 소문이 있더라고."

"나라에서라니 그게 뭔 소리여요?"

놀라 물은 건 지언의 엄마, 김 여사였다.

"그려. 정부서."

"나라에서 뭐더러 그런 일을 한다요? 나랏돈을 양아치들한테 뭐더러…."

"그러게나 말이요. 근디 들리는 소문이 영 께름칙해서 말이지."

"나랏돈… 나랏돈이라…."

지언은 혼자 중얼거렸다.

"잠깐만요."

지언은 전화를 들어 어디론가 전화를 걸었다. 모두가 들을 수 있게 스피커로 전환했다. 뚜루루루. 뚜루루루. 뚜루루루. 뚝. 받은 사람은 젊은 남자였다.

"헤이, 핵. 너 나 좀 도와줘야겠다."

'핵'은 해커였다. 유튜브 채널을 운영하는 크리에이터이고 지언이 〈꼰대책방〉을 운영할 때 들어갈 뻔했던 한 기획사에서 지금은 톱을 찍고 있는 중이라고 했다.

"Hey, what's up?"

"꼰대들이랑 책방에 있어."

지언의 웃음이 꽤 해맑아 보였다. 각설하고. 지언은 민간 사업자들이 나랏돈 따내는 사이트 해킹을 부탁했다. 핵은 쿨하게 전화를 끊었고 지언이 잠시 후 노트북에 접속하자 처음 보는 화면들이 모니터에 펼쳐졌다.

"나라 일을 받아서 하려면 여길 거쳐야 하잖아요. '알지오' 알죠?"

노트북에 문서가 뜨기 시작했다.

"왔다. 요양병원 관련 최근 보건복지부의 수주를 받은 업체가 총 여덟 개네요."

지언은 매종과 관련된 업체가 이 중에 있으리라는 것을 직감했다. 서류 내용은 업체명과 사업자등록번호, 업태 및 업종, 대표자명 등 사업자등록 정보를 갈무리한 것이었다.

"MJ는 없는데…?"

최 팀장과 지언이 영원산업에서 알아온 이름이자, 노인 집회 현장에서 찾아낸 미미 패치들, 그리고 미미 패치의 근원지로 보이는 부스까지 모두 MJ를 가리키고 있는데, 이 리스트에는 MJ 산업이 보이지 않았다.

그때 도진이 큰 소리로 외쳤다.

"여기, 아버지 이름이 있어요, 성중철! 여기 보세요. 대표자명이 '성중철'로 되어 있어요!"

"뭐? 어디?"

리스트의 중간쯤에 있는 한 업체 사업자번호 옆에 정말 성중철이 라는 이름이 있었다. 도진 아버지의 이름이 대표자로 적힌 업체명은 '未智'. '아닐 미'에 '지혜 지' 자를 쓴 미지의료재단이었다.

"미지의료재단? 처음 들어보는데요?"

조 복지사가 말했다.

"아까 아재들이 말한 그 양아치네 재단이 여기 아닐까요?"

회장 아재는 머리를 절레절레 흔들었다. 요양원에 대해 빠삭하다 는 김 여사도 마찬가지였다.

"아닐 미, 지혜 지… 지혜가 아니라는 건가…."

송가 아재가 중얼거렸다. 그때 오 박사가 테이블을 탁 치며 일어 섰다.

"여기예요. 미지의료재단. MJ의 실체."

오 박사는 테이블 위에 손으로 M과 J를 그렸다. 이니셜 M, J.

"맞네! 미지의 이니셜 MJ. 미지가 MJ였어!"

지언이 말했다. 그러나 도진은 맞장구를 칠 수 없었다.

"어머니, 그런데 왜 아버지 이름이 여기서 나와요? 아버지가 왜 이 런 거지 같은 의료 재단의 대표가 되어 있는 거죠? 그동안 아버지에 대해 물어봐도 계속 나중에라고만 하시더니. 혹시 어머니도 알고 있었어요?"

오 박사는 지난번 요양원에서처럼 두 주먹을 꼭 쥐고 입술을 꾹 다물었다. 한참 후에 입을 연 오 박사를 걱정스럽게 바라보는 건 최 팀장이었다.

"미안하다. 그동안은 어떻게 얘기해야 좋을지 몰라서. 이제 너도 알 때가 된 것 같다. 여기 계신 분들께도 말씀드려야 할 일입니다. 매종과 연관이 없기를 바랐는데."

도진은 할 말을 잃었다. 왜, 아버지의 이야기를, 이 사람들과 같이 들어야 하는 거지. 먼저 알아야 마땅한 것이 아닌가. 역시 어머니는 변한 것이 없다. 아무것도 변하지 않았다.

"성중철 박사. 제 남편이자 도진이 아버지. 그는 장 대표의 지도 교수이기도 했습니다. 장 대표는 그에게 참 아픈 손가락이었죠. 과학자로서의 혜안은 없었지만, 욕심 많은 노력가였습니다. 성 박사는 장 대표를 많이도 도와주려 애썼어요. 다른 연구생들과는 다른 특별한 감정을 담아 지도했습니다. 그런데… 그게 오히려 장 대표에게는 독이 된 것 같았어요. 장 대표는 성 박사에 대해 존경을 넘어 질투의 감정을 가지기 시작했죠. 절대로 해서는 안 되는 짓으로 그 질투심을 드러냈어요. 성 박사는 미메시스를 반대했지만 제가 조금 더 강행하자 했을 때 가장 적극적으로 동참한 사람이 바로 장 대표였습니다. 실리에 밝은 장 대표는 이 연구가 돈이 되리라고 판단했겠죠.

그런데 어느 날 장 대표가 연구실에서 잠이 든 성 박사에게 미미의 초기 시약을 투약한 겁니다. 생체 실험 전이라 체내 안전성이 검증되지 않은 상태였어요. 아마도 자신이 만든 약을 과신한 것이겠죠. 그만큼 위험한 자기 확신을 가진 사람이고요. 하지만 장 대표의 미미 결과는 좋지 않았습니다. 성 박사에게 문제가 생겼어요. 투약 사실을 확신하지 못하던 성 박사도, 미세한 손 떨림과 근육 강직이 시작되자 장 대표를 의심했습니다. 장 대표는 부인했어요. 자신의 짓이 아니라고 했죠. 그 연구실에는 공교롭게도 CCTV도 없었습니다. 심증만 있지 물증은 없었어요.

　성 박사 상태가 점점 더 나빠졌어요. 장 대표는 연구 결과를 모두 가지고 잠적했고요. 성 박사는 신종 파킨슨병과 같은 증상을 겪으며 연구를 유지할 수 없는 상태가 되어 갔습니다. 그러다 보니 집에 있어야 하는 날이 많아졌죠. 그런데 어느 날 간병인에게서 다급하게 전화가 왔어요. 잠시 집안일을 하는 사이 성 박사가 사라졌다고요. CCTV를 돌려 보니, 양복을 차려입고 현관을 나서는 성 박사의 모습이 찍혀 있었습니다. 경찰에 실종 신고를 하고 수사를 의뢰했는데, 그날 집으로 한 통의 전화가 걸려 왔었던 사실을 알게 됐어요. 저도 아니고, 학교도 아니고, 평소에 한 번도 걸려 오지 않은 생소한 번호는 어느 공중전화였습니다. 그 전화가 있던 곳은… 광화문 1번지… 제노그룹 앞이었고요. 누가 성 박사에게 전화를 한 건지 밝혀내진 못했지만, 저는 분명 장 대표였다고 생각합니다."

아버지가 사라졌던 것이다. 어딘가에서 치료제 연구를 계속하고 있을 것이라고, 아들 앞에 나타나지 못한 이유는 다만 아들을 볼 준비가 더 필요해서, 아들에게 해 줄 말을 신중하게 고르느라고 늦어지는 것이라 생각했다. 그런데 아버지가 신종 파킨슨병 환자가 되었고, 어디에 있는지조차 모르는 실종자라는 것이다. 머릿속이 간질간질했다. 모든 뉴런들이 아우성치는 것 같았다. 그럼에도 차분하게 이야기를 끌어나가는 어머니를 도진은 이해할 수 없었다.

"도진이 넌 엄마를 이해할 수 없겠지만, 아버지를 찾는 방법은 이것 하나뿐이야. 장 대표와 정면으로 부딪혀야 너도 찾고, 아버지도 찾을 수 있어."

"치료제는요? 아버지를 찾으면, 치료는 할 수 있는 거예요?"

"신종 파킨슨병 첫 환자가 너희 아버지였어. 아버지는 자기 병을 알고부터 치료법에 대해 고민하기 시작했고, 인공 중뇌를 개발하는 쪽으로 방향을 맞췄어. 우린 성체줄기세포를 배양해 인공적으로 중뇌 오르가노이드를 만드는 데까지 성공했단다. 그런데 그때 너희 아버지가 사라졌지. 난 혼란에 빠졌어. 너희 아버지 없이 연구를 수행하기에는… 우린 너무 오랜 시간을 함께했던 거야. 더는 아무것도 할 수가 없었어. 그렇게 아버지를 기다리는데 시간을 허비하다가 최 팀장을 만나 네가 제노그룹에 입사했다는 소식과 장 대표의 움직임이 수상하다는 소식을 듣고 다시 연구를 시작했단다. 중뇌 오르가노이드에서 '흑질'을 구성하는 핵심 물질인 '뉴로 멜라닌'을 생성하는 것까지 완성한 상태야. 이제 곧 완성할 수 있어."

"하지만 아버지를 못 찾으면 치료제도 소용이 없는 거잖아요!"

"도진아, 찾을 수 있어. 엄마가, 엄마가…."

오 박사의 말을 가로막은 건 최 팀장이었다.

"치료제가 거의 완성 단계라니 다행입니다, 박사님. 이제 우리는 미지의료재단만 찾으면 되는 겁니다. 그럼 장 대표도 잡을 수 있고, 또 성 박사님도 찾을 수 있습니다."

최 팀장의 말에 그 누구도 쉽게 호응할 수가 없었다. 그러나 두 아재만은 도진의 어깨를 툭툭 토닥여 주었다.

"맞는 말이네. 맞는 말이야. 미지의료재단을 찾은 것만 해도 대단한 것 아닌가? 그럼 반은 끝난 거네. 안 그런가, 송가?"

"암, 그렇고말고!"

그러는 사이 발 빠른 지언은 미지의료재단의 주소지로 등록된 주소를 검색했다.

"경기도 양평군… 팔봉면…. 나왔다. 음? 팔봉요양원? 팔봉요양원이라고 나오네요?"

"팔봉면? 팔봉요양원?"

깜짝 놀란 것은 김 여사였다. 모두 김 여사를 주목했다.

"엄마, 엄마 여기 알아?"

"즈 이름이 와 여서 나온뎌? 여가 거여?"

놀란 표정도 잠시, 김 여사는 전화기를 꺼내 어딘가로 통화를 시도했다.

"야, 니 시방 어디냐. 나여, 김봉자."

김 여사는 여기저기 프락치를 심은 마피아 두목처럼 전화 몇 통을 돌리더니, 심하게 곱슬거리는 퍼머 머리를 쓸어 올리며 말했다.

"오널 중에 연락준댜. 근디 이기 뭔 일이여."

김 여사의 활약으로 분위기는 대반전이었다. 매종의 실체에 한 걸음 더 다가섰다는 묘한 성취감까지 감돌았다. 하지만 도진만은 그 분위기에 취할 수 없었다.

"아버지가… 거기 있을까요?"

"성 박사는 내가 찾아."

오 박사는 도진과 모두를 향해 말했다. 폭탄이었다.

"제가 미끼가 되겠어요."

"미끼라뇨? 어머니, 무슨 말이에요?"

오 박사는 계속된 도진의 말에도 미동하지 않았다. 하지만 그녀의 긴 손가락이 가늘게 떨리는 것을 최 팀장은 놓치지 않았다.

"장 대표는 나를 찾고 있어요. 내가 그를 직접 만나서 성 박사를 찾겠습니다."

♪♪ 지혜

'오늘이야. 드디어 내 것이 되는 날.'

장도섭은 두근대는 가슴을 진정시키려 생수를 들이켠다. 이 차가 향하고 있는 곳은 매종 사업 때문에 여러 번 간 곳이지만 오늘은 다른 이유로 방문한다. 또 한 번 과학자로서의 탁월한 감각을 발휘할 신사업을 위해, 최상의 재료를 만나기 위해 가는 것이니 이런 떨림도 당연하다.

그래도 김금희가 한 건은 하는군. 멍청해도 말 잘 듣는 동기라 여태까지 붙여 둔 것이 한 방은 했다. 아니, 오 박사가 준비했다고 하는게 맞을까. 오 박사는 그를 더 완벽하게 만들어 줄 것이다. 오늘을 위해 장도섭은 유럽과 미국의 유능한 뇌과학자들을 모조리 사들였다.

"부소장. 오 박사는 마취만 해 둬. 아직 분리해서는 안 돼. 생기가 도는 얼굴을 마지막으로 봐야 하니까 말이야."

장도섭은 오율아가 필요했다. 아니, 보고 싶었다. 그녀는 시들지 않는 장미꽃 같았다. 그녀의 머릿속엔 빨간 꽃잎이 수천 수만 겹 쌓여 있을 거란 생각까지 들었다. 너무 붉고 깊으며, 지독히도 아름다울 것이다. 그리고 가치 있을 것이다.

'위기를 기회로 만들 줄 알고, 그 기회를 가치로 환산할 줄 아는 탁월한 능력. 그것이 나야. 위대한 사업가이자 감각적인 승부사인 내가 이제 온전히 나만의 업적을 가질 수 있게 되는 거지. 그럼 아무도 날 가엾게 쳐다보지 못해!'

그런데 하필 오 박사를 만나러 가는 순간에 그날의 성 박사가 떠오른다. 장도섭은 끊임없이 눈앞에 나타나는 이정표처럼 머릿속에 떠오르는 성 박사의 잔상을 떨쳐 내기 위해 도리질을 해 본다. 하지만 소용없다. 성 박사가 자신의 것이 되던 그날의 일들이 계속 길 위에서 기다리고 있다가 그를 덮치고 또 덮친다.

그날, 장도섭은 성 박사를 납치한 것이 아니었다. 아무도 믿지 않을 테지만, 그는 그저 성 박사를 만나고 싶었을 뿐이었다. 결국 미메시스를 완성시킨 건 성 박사가 아닌 그였고, 그가 완성시킨 미메시스를 성 박사에게 자랑하고 싶었다. 자신을 바라보는 성 박사의 표정을 눈으로 확인하고 싶었다. 약속 장소에 나타난 성 박사는 단정한 정장을 차려입었고 병을 앓기 전 모습 그대로 말짱해 보였다. 그랬었는데 갑자기… 왜 하필 내 앞에서….

'갑자기 내 앞에서 쓰러질 건 뭐야! 그렇게 오랫동안 깨어나지 못

할 거면서 왜 하필 그날 내 앞에서였냐고!'

장도섭은 억울했다. 성 박사가 미메시스는 보지도 못한 채 갑자기 정신을 잃고 쓰러졌던 것이다. 그 후로 몇 개월간 성 박사를 깨워 보려고 노력했다. 하지만 일어나지 않았다. 그 시간이 몇 년과도 같았다. 괴로웠다. 왜 하필 내 앞에서 쓰러진 거지? 혹시 복수를 하려는 건가. 내가 저지른 죄로 인해 희미해져 가는 생명을 눈앞에서 똑똑히 지켜보라고? 아니면 아무것도 손쓰지 못하는 무능한 과학자로서의 한계를 스스로 느껴 보라고?

하지만 장도섭은 곧 마음을 바꿔 먹었다. 아니, 그건 성공할 위인의 방식이 아니야. 위기를 기회로, 기회를 돈으로 바꿔야만 해. 그렇게 결심하고 성 박사를 보자, 역시 다르게 보였다. 성 박사의 표정에는 천국에 누워 있는 것처럼 한없는 평화가 머물러 있었다.

'성 박사가 힌트를 준 거야. 그 상태로도 충분히 행복할 수 있다는 걸 나한테 알려 준 거라고. 난 봤어. 성 박사가 그렇게 알고 싶어 하던 삶의 지혜, 그게 그 얼굴에 있었어. 난 그걸 그냥 잡았을 뿐이야. 난 잘못 없어. 그가 준 힌트를 받아먹은 거지. 넘쳐나는 고령 인구 덕분에 청년들도, 기업들도, 나라에서도 골머리를 싸맸잖아. 인구 정책 실패를 만회할 방법을 찾고 있었잖아. 지금 세상엔 사람이 너무 많고, 줄여야 한다면 누굴 줄이겠어. 그들밖에 더 있나? 지들도 지들 입으로 살 만큼 살았다고 하지 않아? 그래서 내가 그 방법을 찾아 준 거야. 공룡을 멸종시킨 운석의 충돌? 중세 인구 중 3분의 1을 앗아간 페스트? 이런 우연에 의존한 방법 말고, 과학의 시대에 걸맞은 혁명적 인구 정책을 내가 고안해 낸 거야. 바로 나, 장도섭이!'

장도섭은 처음 정부 부처 관계자에게 줄을 댈 때를 떠올렸다. 세금충들을 줄여 준다고 했을 때 정중한 태도를 갖추고 국민의 목숨 수를 돈과 환산하던 고위 공무원들의 비열한 표정은 지금 생각해도 마음에 든다. 실제 사업을 구체화할 때 그 실체를 이중 삼중으로 덧씌워 국민의 감시망을 피하도록 알려 준 것도 그들이었다. 사업의 전면에 성 박사를 이용했던 것도, 오로지 그만의 생각은 아니었다.

'난 잘못한 것 없어. 역사에 길이 남을 혁신적 패러다임을 만들었을 뿐이지. 국민은 손쉽게 밈을 전수받고, 나라에는 세금을 더 유용하게 쓸 수 있도록 바른 길을 제시해 준 거야.'

이런저런 합리화 끝에 차는 목적지에 도착했다. 팔봉요양원. 아니 매종 앞.

도진은 도저히 용서가 되지 않았다. 하지만 그냥 내버려 둘 수도 없었다. 몇 개의 팀으로 나누어 움직이기로 했을 때 도진은 오 박사와 함께하기로 했다. 스스로 미끼가 되겠다니, 엄마가 할 짓이야? 그러다 아버지처럼…. 도진은 고개를 흔들었다. 조 복지사가 괜찮냐고 물었다. 도진은 괜찮다고 대답했다. 하지만 어머니는 묻지 않았다.

"김금희 부소장이 나를 찾고 있다는 걸 우연히 알게 됐어. 내가 미국에 있는 줄 알고 그쪽에 줄을 대 놨더군. '찾아서 머리털 하나 다치지 않게 데려와야 한다'고 했다더라. 머리털 하나, 머리털 하나, 머리털 하나. 이유가 뭘까. 머리털 하나도 다치지 말아야 할 이유."

이 말을 하며 어머니는 검지로 자기 관자놀이를 톡톡 두 번 쳤다. 변명 같지도 않은 변명이라도 듣고 싶었으나, 어머니는 항상 이렇게 단호한 말투로 변명을 대신하는 사람이다. 지금은 이것만을 말해야 할 때야. 다른 말은 필요 없어. 하지만 도진은 이번만큼은 그저 지켜보지만은 않겠노라 생각했다.

다른 팀들은 어떻게 하고 있을까. 다른 한 팀—아재들과 김 여사님—은 며칠 전에 이미 팔봉요양원 안으로 위장 침투한 상태고, 지언과 최 팀장은 영원산업의 화물차 기사를 큰돈으로 매수해 계약된 납품 일자만 기다리고 있다. 그리고 도진과 오 박사, 그리고 조 복지사는 팔봉요양원 앞에서 며칠째 잠복 중에 있다.

팔봉요양원은 실상 팔봉요양원이 아니었다. 이 애칭은 바로 여덟 개의 봉이 촘촘히 붙어 있다는 팔봉산의 지역적 특징 때문에 붙여진 것이다. 건물 전면에 걸린 상호명 '치매국가종신제 등록 요양원' 아래에 '미지요양원'이 작은 글씨로 살짝 달려 있었다. 지혜가 아니라는 '미지(未智)'. 그게 팔봉요양원의 실제 이름이었다. 아버지가 평생을 걸고 밝혀 내고 싶어 했던 지혜를 부정하는 이름. 분명 아버지가 이곳에 있을 것이다.

적막한 차 안, 조 복지사는 혼자서 이런저런 이야기들을 꺼내며 어색한 모자 사이를 풀어 보기 위해 애를 썼지만 별 소용은 없었다.

며칠 관찰한 결과, 요양원과는 어울리지 않는 인물들이 여럿 눈에 띄었다. 커다란 캐리어를 든 외국인들이 검은 양복들의 호위 속에 요양원 지하로 안내받는 모습이 보였다. 지하에는 분명 요양 시설이 아닌 연구 시설이 있을 것이라고 도진은 확신했다.

"원장님, 저기 김금희 아닌가요?"

실물을 보지 못했다며 인터넷 뉴스에서 찾은 사진을 눈여겨보던 조 복지사가 김금희를 먼저 발견했다. 어머니 말대로 진짜 김금희가 나타난 것이다. 그럼 이제 시작이다.

어머니는 김금희가 주차하는 차 옆에 차를 대는 척하다가 조수석 쪽 백미러를 슬쩍 쳤다. 짜증이 가득 찬 김금희가 까맣게 선팅 된 차를 들여다보자 도진이 뒷문을 열어 그녀를 끌어당겼다. 작고 당글당글한 김금희가 뒷좌석으로 풀썩 쓰러졌다. 독한 향수 냄새가 차 안을 채웠다. 어머니는 고개도 돌리지 않은 채 말했다. 김금희는 그녀의 음성을 듣자마자 온몸이 굳었다.

"오랜만이네요, 김금희 연구원. 부소장이라고 불러 드려야겠죠? 부소장님, 오늘 저곳에 들어가면 부소장님은 공범이 됩니다. 하지만 여기, 팔봉요양원 밖에서 우리에게 모든 걸 이야기하고 연구소로 돌아가면 당신은 그냥 아무것도 몰랐던 미메시스 연구소 부소장으로 남는 겁니다. 순수한 마음으로 연구에만 매진하던 당신을 악마 같은 장 대표가 이용만 한 것이고요. 우린 아마… 장 대표와 볼일을 끝내려면 24시간은 넘게 걸릴 것 같은데… 어때요? 그 시간이면 당신이 사무실에 들어가 컴퓨터와 서류들을 정리할 시간으로 충분하겠죠?"

포박당한 장 대표의 심부름꾼은 생각보다 약했고 약삭빨랐다. 가벼운 위협에도 고분고분해졌으며 모든 질문에 성실히 대답하는 것으로 안위를 구걸했다. 김금희가 쏟아 내는 말들로 그동안 모호했던 것들이 분명해졌다. 특히 장 대표가 왜 오 박사를 찾았는지. 매종과 아버지도 모자라, 어머니까지 찾는 이유를. 도진의 신경에 숨어 있던 모든 분노의 감각이 깨어났다. 가만두지 않을 거야, 개자식!

엄마는 역시 엄마다.

김봉자 여사가 팔봉요양원을 기억하고 있던 것은 신의 한 수였다. 이유인즉슨, 최근 들어 요양보호사 사이에서 가장 많이 오르내리는 상호명이었단다. 지언은 김봉자 여사가 팔봉요양원에 대해 알아내는 과정을 옆에서 지켜보며, 자식에 한량 아버지를 챙기며 살림에 헌책방까지 운영했던 엄마의 힘을 다시금 깨달았다. 엄마의 요양원 인맥은 상상초월이었다. 간병인의 세계는 이삼 일 밤만 돌봐도 지인이 된다고 했다. 병실이라는 곳이 인생사 주고받기 딱 좋은 공간이기 때문이다. 엄마는 지인의 지인을 거쳐, 또 지인의 사돈의 팔촌을 지나, 팔봉요양원의 간병관리 책임자에 도달하게 되었다. 그러고는 일면식도 없는 간병관리 책임자에게 전화를 걸어 그날로 채용을 확답받았다. 팔봉요양원에 요양보호사로 정식 취직을 한 것이다. 남편을 지극하게 간병하다 천직을 찾게 되었다는 말에 두말없이 오시라고 했다는 이 책임자는 훗날 김봉자 여사를 두고두고 원망했을까?

송가 아재와 회장 아재가 투입된 것은 바로 얼마 전이었다. 김 여사가 위장 취업으로 팔봉요양원의 동태를 살피는 사이, 두 아재는 치매 환자 진단을 받기 위해 두 달을 꼬박 애썼다. 그렇게까지 안 하셔도 된다고 말렸지만, 아재들의 사명감 넘치는 눈빛을 보고는 더 말릴 수가 없었다. 움직이지 않고 가만히 있었음에도 두 아재의 신종 파킨슨병 연기는 꽤나 실감났다. 하늘정원요양원의 다른 환자들과 며칠을 지내며 그들의 표정과 미세한 동작들을 연습했다.

드디어 전원이 팔봉요양원에 입성했다. '서로함께'에서의 연합 이후, 세 달이 걸렸다. 이들이 준비를 하는 동안 매종 프로젝트는 점점 사람들 속으로 침투해 들어갔다. 미미 패치는 일반 요양원을 대상으로 샘플링을 시작했다. "밈이라는 새로운 기전의 치매 치료제" 키워드를 내세워 노란 알바생들의 입에서 입으로 구전시켰다. 미미 패치를 쓰면 요양원을 곧 나갈 수 있을 거라는 믿음까지 심어 주었다. 하지만 미미 패치의 사용자들은 서서히 악화되어 갔다. 이 상태가 지속된다면, 매종의 문을 두드리는 환자들은 서서히 늘어날 것이다. 치매는 원래 그런 식으로 누구도 예측할 수 없이 그렇게 악화되는 것이니 아무런 의심도 하지 않을 것이다. 그저 운이 없다거나 아니면 운이 다했다거나 하는 결론과 함께 매종 요양원으로 들어가게 될 것이다. 환자의 가족과 의료진들은 이렇게 생각하겠지. 자, 이제 우리의 역할은 여기까지. 다음은 나라에 맡기자.

지난 석 달 동안 그들은 궁금해서 견딜 수 없었다. 매종은 과연 어떤 모습일까? 아니, 매종이 팔봉요양원이 맞기나 할까? 혹시나 헛다리를 짚은 것은 아니겠지. 불안하고 불안했다. 김 여사의 얘기로는 팔봉요양원은 다른 요양원과 큰 차이가 없었다. 그대로 옮기자면, "팔봉은 꼬딱지만 혀. 작은 건물 하나 정도가 단디"라고 했다. 그런데 그건 말이 안 된다. 만약 그곳이 매종 프로젝트의 숨은 본거지라면 그곳은 엄청나게 커야한다. 전국 치매 환자의 평생을 책임질 호화로운 실버타운이어야 하는 것이다.

오늘은 지언과 최 팀장이 투입되는 날이다. 영원산업의 납품 물량을 실은 화물차에 두 사람도 몸을 실었다. 드디어 오늘, 모든 의문을 풀 수 있을 것이다.

김금희는 자신만 빼 준다면 간까지 모두 배 밖으로 내놓을 수 있는 사람이었다. 장 대표에게 전화해 오율아 박사를 찾았다고 거짓말을 했고, 해외에서 영입했다는 저명한 뇌과학자들에게도 시키는 대로 말했다.

"Today's meeting has been canceled. You guys can take off early today."

과학자들은 호기심은 많지만 의심은 없는 사람들이다.

"Really? That sounds perfect, but what about Mr. Jang's gift?"

장 대표의 선물이라고? 나의 부모를, 그들의 신체 일부를 그들은 선물이라고 칭하는 것이다.

도진은 발이 빨라졌다. 김금희의 아이디카드는 도진 팀을 쉽게 깊은 곳까지 데려다 주었다. 아래로 아래로 내려갈수록 더 깊은 어둠이 내려앉았다. 어둠의 끝에 그곳이 있었다. 아이디카드를 기다리는 붉은 반짝임이 그들이 결국 연구실을 찾아냈음을 알려 주었다.

띠-. 쉽게도 열렸다. 이 문을 열면 다시는 돌아 나올 수 없는 다른 세계로 빨려 들 것이다. 어릴 때부터 겁이 많았던 도진은 그럴 때마다 엄마의 손을 꼭 잡았었는데, 오늘은 오 박사의 손이 도진의 손 아래로 들어왔다. 차가운 어머니의 손이 따뜻한 온기로 둘러싸였다.

세 사람의 발소리가 연구실 안을 울렸다. 넓고 적막했다. 기계 도는 소리와 번쩍이는 금속의 섬광만이 움직임의 전부였다. 도진은 기기들을 손으로 만져 보았다. 자기공명영상장치와 뇌세포 스캔 및 분석 시스템부터 형광 현미경, 라이브셀 현미경, 유체바이오 원자현미경. 뇌를 연구하는 전 세계의 모든 장비들을 다 갖춰놓은 듯했다.

연구실 중앙에는 수술 베드가 놓여 있었는데, 앉아서 받을 수 있는 뇌수술 전용 베드였다. 베드 상단에 메스와 시저 등의 은빛 도구들과 바이탈, 제세동기와 같은 응급 의료기기까지 완비되어 있었다. 이것은 일반적인 수술실의 정경이었지만 바로 그 옆에 수술실과 어울리지 않는 장비가 눈에 띄었다. 인체를 냉동해서 보존하는 질소 탱크 '듀어'에는 아무런 이름도 적혀 있지 않았다. 하지만 도진은 그것이 부모님의 것임을 직감할 수 있었다.

"아버지!"

도진은 곧장 달려가 질소 탱크를 열어 보았으나 꿈쩍하지 않았다.

통통!

도진의 주먹이 탱크 안의 적막을 깨웠다. 공허한 소리였다. 그 안엔 아버지가 없었다.

"도대체 어디 있는 거야! 어디에 숨겨 둔 거냐고!"

오 박사는 웅 하는 소리를 따라 움직였다. 의료기기들이 생명체를 품고 있을 때 내는 특유의 소리, 숨 쉬지 못하는 금속이 살아 있는 것에 숨을 불어넣어 주기 위해 안간힘을 쓰는 소리. 소리의 끝에는 이식용 장기 보관 장치가 있었다. 그 안에 붉은 핏기가 번쩍거리는 덩어리 하나가 들어 있었다. 이 많은 최신식 장비들이 준 힌트의 마지막 퍼즐, 아버지의 뇌. 도진은 세면대로 달려가 속을 게워 냈고 오 박사는 뒤를 돌아 입을 틀어막고 흐느꼈다. 도진은 외국인 과학자가 남긴 말을 떠올렸다. 장 대표의 선물….

이곳은 진짜 매종이다. 아주 좆 같은 매종.

팔봉요양원은 독채였다. 허름하고 초라한 7층짜리 건물 한 채에 모든 시설을 욱여넣었다. 그래서 말이 안 된다. 매종은 여러 채의 대단지란 말이다. 지언은 기억을 다시 더듬어 보았다. 도심의 전광판과 TV에 등장하는 매종 홍보 영상을 보면 숲 속에 폭 안긴 실버타운 건물은 분명 하나가 아니었다. 하나, 둘, 셋… 넷, 다섯, 여섯, 일곱…

음, 여덟 채는 되는 것 같다. 그런데 실제로 지언 팀이 눈으로 확인한 것은 오로지 한 채뿐이다. 뭔가 이상하다.

이 심증은 김 여사의 말로 확신을 더해 갔다.

"여기 있는 보호사들한테 물어봐도 다른 건물을 가 본 적이 없다든디? 전부 이 건물에서만 머무르드라고… 그란디 또 환자는 자주 바뀌는 거 같기두 허구…."

"환자가 바뀐다고요?"

"그려, 환자가 나타났다 사라진다고 해야 허나. 여긴 방별로 요양보호사가 배정되는 시스템인디, 한 방에 어르신들 네 명, 보호사 두 명으로 말이여. 이틀에 한 번 담당하는 방이 정해지는디 말하자믄 이틀 후엔 또 다른 방으로 바뀐다는기지. 고게 좀 이상한디 말여, 며칠 전에 모시든 어르신이 눈에 밟혀가 병실에 잠깐 들러봤는디 그 침상에 다른 어르신이 누웠더라고."

"돌아가시고 새로 들어왔을 수도 있잖아요."

최 팀장의 물음에 김 여사는 예상했다는 듯이 이어 말했다.

"아녀. 환자를 바꿔치기하는 게 아닌가 하는 생각까지 드는겨. 첨엔 별생각 없었는디, 여러 방을 며칠간 집중적으로다가 봐 봤드만 아무래도 이상시러. 특히나 가족들 면회 다녀간 다음 날 있지? 그날은 꼭 그 어르신이 사라져요! 그라구 다음 면회날 다시 같은 방에 나타나서 그 자리에 똑같이 누워있댜. 이게 이상하지 않어?"

"음… 이상하네…. 엄마, 간호사들한테 한번 물어보지 그랬어요"

"나가 슬쩍 던져 봤는디 꿈쩍도 안 햐. 고것들 입에서 군내날겨."

김봉자 여사는 며칠간 치열하게 고민한 티가 역력했다. 하긴 간병인들은 여기저기 돌아다니는 게 일이니, 비밀이 있다면 크든 작든 새어나가지 않게 하려는 분위기도 작용했을 것이다.

대수롭지 않다는 듯 처음엔 흘려듣던 최 팀장이 미간을 찡그리며 갑자기 엄지손가락으로 창문을 가리켰다. 비상계단 옆에 난 작은 창으로 요양원을 둘러싼 팔봉산 자락이 눈에 들어왔다. 하도 수풀이 빽빽이 들어차 있어 인적이나 개발의 흔적은 눈에 들어오지 않았다.

"팔봉이랬지? 산 이름이."

"네 맞아요, 팔봉산."

지언이 대답했다.

"이 근방에서 가장 큰 산이더라고요. 여덟 개의 봉이라는 뜻이고."

"근데 매종 홍보 영상에 나온 타운 수도 여덟 개 아니었어?"

"아, 맞아요! 항상 여덟 개의 호화 저택들이⋯ 이거 우연일까요?"

"그럴 리가. 너무 딱 맞아떨어지는 우연은 우연이 될 수 없어."

최 팀장의 대답은 의미심장했다. 그렇다면 산 속에 뭔가가 있다는 것일까. 그때였다. 비상계단 문이 벌컥 열리며 환자복을 입은 회장 아재가 뛰어들어왔다. 거친 숨을 진정시킬 새도 없이, 쉬고 갈라진 목소리는 다급했다.

"저, 저, 저기⋯ 송가가!"

송가 아재와 함께 와야 할 회장 아재가 혼자 온 것이다.

"아재가 왜요? 무슨 일인데요?"

아재들은 이곳에 몸을 움직이지 못하는 파킨슨병 치매 환자로 위장해 들어온 지 일주일 남짓밖에 지나지 않았다. 입원 전에 오늘 날짜를 미리 약속했었기 때문에 송가 아재가 모르고 있을 리 없다.

"병실에 없어! 송가가 사라졌어!"

"뭐라고요? 사라져요? 어디로요?"

최 팀장은 창문 밖 여덟 개의 산등성이로 시선을 돌리며 말했다.

"그놈들이 데리고 갔다. 분명해."

드디어 오 박사를 갖게 된다. 웃기지도 않은 성중철의 아내, 오 박사를.

"지혜는 밈이 될 수 없어. 이식할 수 없다고."

잘난 성 박사의 마지막 말이다.

'웃기고 있네. 내가 보여 주지. 당신이 실패한 지혜의 밈을, 내가 어떻게 이뤄 내는지 봐. 피질에 남아 있을 줄 알았던 지혜의 흔적들이 뇌 기저부로 슬그머니 사라진다고 했지. 그럼 그 기저부를 그대로 가져오면 될 거 아냐. 곱게 잘라서 티 안 나게 붙이면 되는 거야.'

세기의 지능과 세기의 지혜를 완벽하게 결합할 것이다. 이 두 가지를 각각 갖춘 한 쌍의 부부가 탁월한 과학자이자 사업가인 장도섭을 만난 것부터가 운명 아닌가! 탐스러운 그들의 뇌를 상상하는 것만으로도 그는 오르가슴을 느꼈다.

미지 연구소에 도착해 김금희에게 전화를 했다. 불통이었다. 한동안 고분고분 지내 줬더니 또 이러는군. 끝나고 한 소리 해야겠어. 세계 최고의 부분 뇌이식 기술자들 훈련을 아주 잘 시켰다고 칭찬 좀 해 줬더니. 이래서 회초리가 필요한 거야.

장도섭은 전용 연구실 문을 열었다. 차세대 미미를 위한 준비물이 완벽하게 세팅된 채 주인을 반겼다. 장도섭은 마취되어 누워 있는 오 박사의 얼굴을 보기 위해 홀린 듯이 다가갔다. 오 박사를 위해 최고급 가죽으로 맞춰 뒀던 베드에 지금 그녀가 누워 있다. 잠자는 숲속의 공주는 깨어나지 않아야 해. 그래야 이야기가 재미있지.

"Hello. Mr. Jang. I'm Dr. Li Jing from china."

아마도 수억 원을 들여 사 왔을 박사 하나가 옆으로 다가와 손을 내밀었다. 중국 여자도 있었던가?

"Hi, Dr. Li. Where are the other doctors?"

"They are waiting in their office. I've already made a call, they should be here in a minute."

이들이 모일 동안 음미를 하면 되겠군. 잠든 오 박사는 세월의 흔적이 엿보였지만 그마저도 마음에 들었다. 얼굴 주름만큼, 그녀의 뇌주름에도 내가 갖지 못한 암호들이 촘촘히 박혀 있을 것이다. 이제 곧 과학자들이 도착하면 뚜껑을 열어 실물을 볼 수 있다. 뇌를 적출하고 나면, 혈액 전체를 특수액으로 교체한 후 질소 탱크에 바로 넣어 둬야 하기에 지금의 오 박사를 좀 더 즐겨야 한다. 물론 살릴 것이다. 저온생물학자들도 있으니 냉동 상태를 깨울 수 있을 것이고, 혹시 있을 뇌손상도 나노 생체 의학자에게 맡겨 복구할 것이다.

'음. 샴푸 냄새까지 그대로군.'

그 순간, 장도섭은 꼼짝할 수 없었다. 뒤쪽에서 덮쳐오는 강한 힘이 온몸을 압박했다. 남자였다. 샴푸의 향이 아찔한 에틸에테르(무색의 유동성 있는 액체로 물로 세척한 것을 염화칼슘으로 건조시켜 재증류한 것을 마취제로 사용함-저자 주) 냄새로 바뀌며 장도섭은 정신이 아득해졌다.

"Let's get started."

잠시 후 깨어난 장도섭은 수술 베드에 누워 있다. 흐린 정신을 부여잡으려 노력하지만 움직일 수 있는 것은 가늘게 떨리는 눈꺼풀과 신음을 내뱉는 입술뿐이다. 이마에 가림막천이 서늘하게 닿는다. 불수의반사운동을 저지하기 위한 벨트로 손과 발이 고정되었다. 모두 설명된 부분이다. 미리 보고받았던 오 박사의 뇌 적출 과정대로 잘 진행되고 있다. 하지만 베드에 누워 있는 당사자는 오 박사가 아닌, 장도섭이다.

"잘 지냈나요. 장 연구원."

소름끼치게 차가운 목소리. 점점 초점을 찾는 장도섭의 눈에 동공이 크고 밝은 갈색의 눈동자가 들어왔다. 얼굴을 덮고 있던 마스크를 내리자 잠자는 숲 속의 공주가 깨어났다. 오율아 박사!

"뭐… 뭐야, 당신! 뭐 하는 짓이야!"

"너무 놀라지 마요. 당신도 날 찾았으면서. 반갑지 않나요?"

오 박사의 또각거리는 구두 소리. 그 옆에는 중국에서 왔다는 여성 박사와 성도진, 성도진이 있었다.

"우리 마지막 본 게 엊그제 같네요. 난 당신과 함께한 모든 시간이 생생하게 기억나거든요. 매일매일 당신의 행동과 말, 숨소리까지 복기했어요. 왜 그랬을까? 우리한테 왜 그랬을까?"

장도섭은 아무 말도 하지 않았다.

"우리가 뭘 잘못했는데! 우리가 당신에게 뭘 그렇게 잘못했다고."

앙다문 오 박사의 입술 사이로, 끝맺지 못한 문장이 한숨으로 바뀌었다.

"…정말 대…답을 원하나?"

오 박사는 가만히 손을 뻗었다. 중국인 박사가 들고 있던 것을 오 박사에게 건네주었다. 하얀 액체가 담긴 주사제였다.

"대답. 그래, 해 봐. 내가 예상한 대답을 피해 간다면 당신도 이걸 피해 갈 수 있을 거야."

"그게 뭐지? 날 죽일 셈인가?"

"아니, 죽이지 않아. 이건 그냥 미미 이식제인걸."

"미미 이식제? 그걸 나에게 놓겠다는 건가? 내가 미미 부작용을 무서워할 줄 아는 모양이지? 전혀. 난 국내 최고의, 아니 세계 최고의 미메시스 1위 업체 대표야. 난 두려울 게 없다고!"

장도섭은 주먹을 불끈 쥐었다. 움직이지 않는 팔에 힘줄이 툭 하고 붉어졌다.

"이건 좀 달라. 너희 회사에서 파는 게 아니지. 이거 말이야, 아주 귀한 거야. 우리가 함께 연구하던 그 시절에, 당신이 개발했던 시약. 성 박사에게 테스트해 놓고 끝까지 안 했다고 발뺌했던 그 시약. 그 제조법 그대로 내가 만들어 봤지. 도대체 어떤 약이기에 성 박사를 그렇게 감쪽같이 사라지게 할 수 있는 건지, 그게 너무 궁금해서 말이야. 어때, 좀 구미가 당기지 않아?"

오 박사는 툭 튀어나온 장도섭의 힘줄을 어루만지며 서서히 손을 머리 가까이 가져갔다. 장도섭은 도리질했다. 주삿바늘이 그의 표피와 근육을 뚫고 들어오지 못하게 하겠다는 필사의 일념으로 힘차게 고개를 휘둘렀다.

"그건 실수였어! 난 학생이었잖아! 학생이 실수를 할 수도 있지. 성 박사도 괜찮다고 했어! 기억 안 나? 녹음도 다 해 놨다고!"

"녹음? 말 잘했어. 녹음. 나에게도 녹음되어 있어. 그날 네가 한 변명과 성 박사가 너 따위를 용서하며 했던 말들을. 한 마디도 놓치지 않고 내 머릿속에 모두 기억하고 있어! 그러니 그날 했던 변명을 반복할 생각하지 마. 생각할 시간을 줄게. 3분이면 될까? 아주 신선한 대답을 준비해야 할 거야."

또각또각. 오 박사의 구두 소리가 멀어지자, 터벅터벅 또 한 사람의 발자국 소리가 들렸다. 이번에는 머리 위쪽으로 다가오는 소리였다. 가림막천 때문에 보이진 않았지만 장도섭은 도진이라는 것을 직감할 수 있었다.

"성…대리, 성 대리인가? 자네가 오 박사에게 이야기 좀 해 주겠나? 내가 그동안 미메시스를 위해 얼마나 헌신했는지, 오 박사 부부의 연구를 지키고, 더 크게 키우기 위해 어떤 노력을 했는지 말이야! 그리고 부작용을 해결하기 위해서 노력했다는 것도 말일세."

도진은 아무 말이 없었다.

드르르르르르

진동 소리가 침묵을 깨고 장도섭의 귀 뒤쪽에 가까워졌다. 그러고는 서서히 포물선을 그리며 장도섭의 두피에서 머리카락을 뭉텅뭉텅 분리해 냈다. 도진은 이마부터 목 뒤까지 한 올의 머리카락도 남기지 않고 장도섭의 머리를 모두 밀었다. 포마드의 윤기가 촬촬 흐르는 장도섭의 유전자 덩어리가 뚝, 뚝, 바닥에 흩어졌다.

"장 대표님. 제가 해결해 드릴게요. 그 헛된 욕망과 이기심을 떼어내 버리겠습니다. 그리고 장 대표님이 그토록 원했던 지혜로움을 이식해 드릴게요. 조금 아프더라도 참아 주세요."

장 대표는 장기 이식용 냉장 보관 기기 쪽을 바라보았다. 반짝이는 성 박사의 뇌가 눈에 들어왔다. 그 앞을 가로막는 도진의 손에서 은빛 메스도 반짝 빛났다.

▐▌ 비블리오티카

 지하 동굴만이 가질 수 있는 냉기와 습기. 요양원 지하로부터 이어진 동굴은 잘 닦여진 터널 같았다. 사람이 지나다니기에는 천장이 낮은 편이라 키가 큰 지언은 살짝 허리를 구부리고 걸어야 했지만, 처음 보는 컨베이어 시스템이 널찍하게 갖춰져 있었다. 끝이 보이지 않는 컨베이어 벨트는 지금 멈춰 있다. 이 위로 무엇을 옮기는 것인지 모두 짐작하고 있다. 섬뜩한 기계의 기름 냄새와 함께, 여정의 끝을 향해 가고 있다. 회장 아재는 뒤처지다가도 노쇠한 다리를 꾹꾹 눌려 가며 다시 따라붙었다. 송가 아재가 사라졌다는 사실에 용기가, 아니면 오기가 생기는 모양이었다.

 다행히 송가 아재의 침대 시트 아래에는 휴대폰이 있었다. 진짜 환자들이 잠든 밤에 몰래 그날의 뉴스와 가십거리를 즐겨 보곤 했던 것이다. 더 다행스럽게도 회장 아재는 그 휴대폰을 위치 추적 앱에

등록해 놓았다. 부부보다 가깝다더니 위치 추적까지 하는 사이일 줄이야. 그 표지를 따라오니 이곳이었다.

끝을 알 수 없는 한 줄의 늪은 계속 이어졌다.

"이런 지하 터널을 만들 생각을 하다니. 장도섭 이 자식 천재야, 미친놈이야?"

"둘 다요."

최 팀장과 지언은 검은 늪으로 빨려 들어가는 듯한 눅눅한 기분을 잡담으로 쫓으려 했다.

"팀장님. 근데 왜 팔봉요양원을 선택했을까요? 너무 낡은 데다 산속 깊이 있어서 찾아오기도 힘든데."

"음… 너무 낡고, 산속 깊이 있기 때문이겠지."

"…?"

"처음은 의무감에, 죄책감에 몇 번 찾아오다가 시간이 갈수록 오기 힘들어져야 하니까. 사람들이 자주 왔다 갔다 하지 않도록. 그래야 여기 있는 사람들이 관심에서 점점 멀어질 것이고, 가족 대신 나라에서 잘 봐줄 거라는 무책임한 신뢰가 커질 테니까."

그러자 뒤에서 회장 아재가 한마디 거들었다.

"팔봉산이 산세가 워낙 험하다네."

"네?"

"옆자리 늙은이 보러 온 가족들이 하는 말을 들었지. 봉마다 여덟 개의 실버타운이 있다고 하더라. '우리는 제일 앞쪽 본관이어서 얼마나 다행인지 모른다'고 어찌나 좋아하던지. 아마 모든 가족들이 그렇게 얘기할 거야. 그리고 다른 일곱 개의 실버타운은 깊고 험한 일곱 개 산봉우리 뒤에 감춰져 안 보이는 거라고 생각하겠지."

침묵은 오래갔다. 지언은 팔봉요양원 창으로 보이던 빽빽한 숲을 떠올렸다. 울창한 봉우리에 감춰져 있을 거라 믿은 실버타운의 실체가 지금 걷는 길고 긴 늪이며, 결국에 닿을 악랄한 지옥인 것이다.

이 침묵은 최 팀장에게 어떤 냄새를 떠오르게 했다. 화장실에 뿌려진 소독약 냄새가 책을 만나 풍기는 눅진한 냄새. 책장도 없이, 바닥에 쌓아 둔 책들을 하나씩 펼쳐 보던 그날들의 냄새. 어떤 날의 책은 이것저것 볼 것 없이 그냥 들이받으라 하고, 어떤 날의 책은 시간이 해결해 줄 거니 그저 흘려보내라 하며, 다른 날의 책은 한 장 한 장 처연하게 같이 울어 줬다가, 또 다른 날의 책은 아련한 종이의 질감처럼 따뜻하게 위로를 건네는 것이었다.

책에 대한 좋은 추억, 혹은 의무감 같은 것들일까? 최 팀장을 여기까지 끌고 온 것은. 그를 떠민 감정들이 무엇인지 생각해 보지 않은 건 아니었다. 사명감이 투철한 것도 아니다. 윤리 의식? 교통 법규 무시해서 받는 범칙금만으로도 차를 하나 샀을 사람인데. 무엇일까, 그가 이렇게 미미에 대해 무뎌지지 못하는 이유가.

드디어 터널 끝이 시야에 들어왔다. 하지만 그다음은 아래로 길게 뻗은 계단이었다. 동그랗게 똬리를 튼 계단의 안내를 따라 일행은 조용히 내려갔다.

"어디까지 내려가는 거야?"

한참이 지나, 드디어 바닥이 보였을 때 지언은 계단 옆에 있는 육중한 리프트를 발견했다.

"에이씨, 이런 게 있었네. 타고 내려올걸 괜히 고생했잖아."

"음. 이건 컨베이어에서 바로 연결되어 있군. 노인들을 이걸로 옮기는 거야."

지친 내색을 애써 감추며 회장 아재가 말했다.

"송가도 이렇게 옮겼을 거야. 지하 동굴을 지나 더 깊은 지하로…."

"근데 아직도 전화는 안 되는겨? 영 먹통인겨?"

김 여사가 손수건으로 회장 아재의 이마를 훔쳤다.

"응. 죽은 건 아니겠지…? 제발 살아만 있어라, 송가야."

회장 아재는 흐려지는 말끝을 부여잡으며 정신을 차리려 애썼다. 하지만 모두가 알고 있었다. 아재의 눈가가 촉촉이 젖어 가고 있다는 것을.

일행은 거대한 문과 마주했다. 고대 코린트 양식 건축물처럼 보이는 회백색 입구에 잘고 섬세하게 조각한 아칸서스 잎 무늬는 얼핏 뇌골 모양처럼 보였다. 단단하게 잠긴 문 앞에는 '비블리오티카(Bibliotheca: 장서, 문고 또는 서점의 목록)'라 적혀 있었다.

"어떻게 들어가?"

근심이 가득한 표정의 남자들 틈으로 김 여사가 지언의 옷깃을 여미며 말했다.

"뭣이 걱정이여? 여기 영원산업 직원 있자녀."

사비 털어 매수한 영원산업의 유니폼이 이렇게 유용하게 쓰일 줄이야! 지언과 최 팀장만을 남기고 나머지는 구석에서 대기했다.

텅! 텅! 텅! 두드려라, 열릴 것이다.

잠시 후 앙칼진 여자의 목소리가 방문 이유를 묻는 듯하더니, "영원산업에서 왔습니다"라고 말하자 그야말로 주문을 외운 것처럼 스르륵 문이 열렸다.

"아니, 왜 이제 오는 거예요? 대체 몇 신데."

그러나 두 남자는 여자가 기다리는 물건을 가져오지 않았다. 당연하다. 주차장 화물차 안에 쌓여 있는 것은 매종과 연관된 업체의 증거 자료가 될 테니까.

"뭐예요? 왜 아무것도 없어요? 악! 으아아악!"

악을 쓰던 여자는 달려드는 두 사람 앞에서 힘없이 무너졌다. 도망쳐서 보안 버튼을 누르려고 했겠으나, 몇 걸음 떼지 못하고 김 여사에게 먼저 머리채를 잡혔다. 회장 아재는 신사답게 차고 있던 허리띠를 풀러 공손히 여자의 손을 묶었다. 의자에 움직일 수 없을 정도로 단단히 포박하자 그녀는 악 쓰는 것을 포기했다.

"사서라니, 당신이 사서라고?"

여자는 국립중앙도서관에서 10년간 일한 경력으로 이곳에 취업한 지 얼마 안 된다고 했다. 일행은 그제야 눈을 들어 그곳을 둘러보

왔다. 5미터도 넘어 보이는 높다란 천장을 이열 종대로 끝없이 이어진 코린트 기둥이 지탱하고 있었다.

"사서가 왜 여기서 일을 해."

최 팀장은 불을 붙이지 않은 담배 한 개비를 입에 물었다 뺐다를 반복했다.

"도서관으로 공고가 났었어요. 사실 도서관과 시스템도 비슷하고, 다루는 물건도… 비슷하긴 하니까…."

"다루는 물건? 그게 뭔데?"

최 팀장은 담배를 사서를 향해 던졌다. 섬뜩한 심경이었다. 아무렇지도 않게 물건이라고 표현하는 저 여자의 투철한 직업의식이 장도섭과 뭐가 다를까. 왜 이렇게 아무렇지도 않은 걸까. 왜 모두 이렇게 태연하게 살아갈까. 이 담배 한 개비처럼, 온몸을 불태우고 버려지는 물건이 내 가족이었고 내 부모였을 텐데, 그게 아무렇지 않을까.

지언은 데스크 쪽으로 달려갔다. 사서가 켜 놓은 프로그램이 떠 있는 모니터에는 '대출 목록, 반납 현황'이 반복적으로 써 있었다.

"팀장님. 대출, 반납…이라는데요."

지언은 장 앞으로 다가갔다. 가로세로 75센티 정도의 정사각형 문 앞에는 손바닥만 한 라벨이 붙어 있고, 라벨엔 이렇게 쓰여 있었다.

경영 082 이창준 - 비 295.4ㅈ v.31

"뭐야, 이거! 청구기호가 왜 여기 붙어 있어!"

최 팀장은 수천 개의 청구기호가 붙은 작은 문들을 올려다보았다.

대출 현황으로 보이는 문 위의 작은 램프는 빨간색과 파란색으로 반짝였다. 빨간 램프 안에서 가는 숨소리를 들은 것 같아 최 팀장은 결국 담배에 불을 붙였다. 지언은 사서를 향해 외쳤다.

"저 문 다 열어!"

사서는 데스크 안쪽에 난 작은 문을 홍채 인식으로 열고 조금 더 깊숙이 들어간 후 철컹 큰 소리를 내는 레버를 내렸다. 그러자 싸늘한 은색의 문들이 서서히 투명해지며 사라졌다. 몇 만 개는 족히 되는 문들이 그 속에 숨겨 두었던 속내를 한꺼번에 토해 냈다. 이것은 미메시스 연구소와 영원산업의 합작품, 사체 냉장고였다. 양쪽 벽면으로 끝도 없이 이어지는 신종 파킨슨병 노인들의 보금자리, 이것이 비블리오티카라 불리는 살아 있는 시체들의 도서관인 것이다.

층층이 쌓인 네모 블럭 하나마다 한 사람의 인생이 잠들어 있다. 곤한 몸도, 깊은 시름도 잊은 채 수면제의 감옥에 갇힌 이들. 그들의 삶에서 쓸 만한 것들은 다 빼앗기고, 세월의 흔적만 남아 쭈글쭈글 작아진 노인들이 들어차 있다.

원래도 움직일 수 없는 이들은 생명 유지 장치와 배변 주머니를 달고 영양제와 수면제로 죽은 듯이 살아가다가 가족들의 면회가 '대출 예약'에 뜨면 곧바로 서가에서 꺼내져 어두운 동굴 속 기차를 탄다. 동굴의 끝, 팔봉요양원에 닿으면 회복을 기다리는 척 병실에 누워 있다가, 가족들이 돌아가고 나면 다시 반납행 기차를 타고 이곳으로 돌아와 다음 대출을 기다린다. 그 사실을 아는지 모르는지 이들의 얼굴은 편안해 보이기만 한다.

지언은 도망칠 새도 없이 그 자리에 토악질을 해 버렸다. 노랗고 검붉은 음식 잔해들이 걸쭉하게 바닥을 적셨다. 살려고 먹은 것들이, 죽어 가는 노인들 앞에 참회하러 나온 것처럼 흐느적거렸다.

김 여사와 회장 아재는 서지 목록을 검색하여 송가 아재를 찾아냈다. 수면제에 취한 송가 아재를 적당한 곳에 눕힌 후, 둘은 조용히 비블리오티카로 갔다. 열린 문들을 하나씩 닫으며 그분들의 이름을 눈에 담았다. 이것이 지금 그들이 할 수 있는 최선이었다.

최 팀장은 기억을 더듬어 보았다. 이런 결말, 짐작했던 것 같다. 길고 긴 동굴을 걸어오면서, 영원산업의 실체를 파헤치고 돌아오는 그 밤에도 짐작은 했다. 아니, 그보다 훨씬 전부터 알고 있었다. 미미 신상품들을 우후죽순 내놓을 때부터, 온갖 미사여구로 포장된 장 대표의 취임사를 들을 때부터!

그때였다.

띵!

리프트가 열리는 소리였다. 덜컹 하고 도서관 문이 열리며 도진과 오율아 박사, 조 복지사가 등장했다. 이들이 끌고온 환자 침대에는 장도섭이 있었다. 손과 발, 그리고 입까지 묶인 채 눈을 감고 있었다.

"마취제야. 곧 깰 거야."

도진이 말했다.

"선배, 다행이다, 무사해서! 내가 보낸 메시지 봤구나! 못 보는 줄 알고 조마조마했어요!"

"야, 봤으니까 찾아왔지. 너 아니었으면 내가 이 자식 죽였을 거야. 여기에 아버지가 있을 거라는 메시지 보고 겨우 참았어."

오 박사는 벌써 서가를 발견하고 그쪽으로 달려갔다. 끝도 없이 펼쳐진 비블리오티카의 실체를 바라보며 오열하다가 미친 사람처럼 뛰어다니며 잠든 노인들의 얼굴을 하나하나 확인하기 시작했다. 도진도 오 박사를 따라 아버지를 찾았다. 오랫동안 보지 못한 아버지를 알아보지 못할까 봐 얼굴을 바짝 대고 살펴보았다. 두 사람의 잰걸음과 까치발은 무척이나 안쓰러워 보였다.

이를 바라보던 지언은 사서 자리로 달려갔다. 검색 프로그램을 열어 '성중철'을 입력했다. 모니터에는 뜬 건 딱 한 줄. 그런데 그의 청구기호 옆에는 빨간색으로 '개인 전용 대출'이라 적혀 있었다. 사서에게 물었더니 개인 전용 대출이 쓰여 있는 항목은 본인도 모른다고 했다. 미메시스 연구소에서 특별히 관리하는 것이고, 어디에 보관하는지도 알지 못한다고 했다.

분명 이곳 어딘가에 아버지가 있다. 도진은 그것을 감지할 수 있었다. 아버지의 숨소리가 들리는 것만 같다. 지금 여기서, 아버지를 찾을 수 있다. 도진은 장도섭에게 달려들어 마구 흔들었다.

"우리 아버지 어디 있어! 말하라고!"

장도섭은 이리저리 흔들리다 힘없이 아래로 떨어졌다. 손발이 묶인 채 꿈틀대는 그의 모습은 무언가 말할 것이 있다는 표시 같았다.

"성…박사… 내가 살릴 수 있어. 내가…."

"네가? 이게 아버질 살리겠다는 거야?"

장도섭의 입에 도진의 주먹이 그대로 꽂혔다. 장도섭의 피로 물든 주먹이 멀어졌다 다시 꽂혔고, 또다시 꽂혔다.

"살려! 살려 봐! 이 개새끼가 입만 살아 가지고! 새끼야, 아버지를 살려 보라고!"

장도섭의 입은 피로 가득 찼다. 목구멍을 넘어가지 못하고 넘치는 피와 함께 장도섭의 어금니도 함께 흘러내렸다. 보다 못한 김 여사가 달려와 도진을 말렸다.

"아가야, 그만혀. 이만허면 되았어."

장도섭은 몸을 움직여 보려 안간힘을 썼다. 도진을 다독이던 김 여사는 그런 장도섭을 쏘아보며 말했다.

"야야, 시방 하나만 묻자. 도대체 왜 그런 거여?"

장도섭은 움찔움찔 조금씩 몸을 움직이더니 터진 입술을 옴짝거려 잠긴 목소리를 뱉어 냈다.

"어…때, 마…암에 드…러? 여…기… 니드…리 조…아하…는 채… 책방이자…나. 인간…에겐 누구나… 완…벽하게 타인이 되고 싶은 욕…망이 잠재돼… 있어. 그…게 바로 모…방, 미메…시스의 기본정신이지. 사람들은 타…인이 되고 싶어서 책을 읽어…. 그런데 백 권… 천 권 읽는다고 타인이 되나…. 타인을 부러워하는 질투심만… 책장에 가득히 채워 놓을 뿐이야. 그럼… 여긴 어딜까. 여기가… 바로 책방이야…. 아주 빠르고 효율적인… 이 시대의 책방! 책은 느리지…. 책 한 권의 내용… 만들려면 한… 사람의 인생이 걸리는데, 그 책 하나 읽는다고… 인생이 한 번에 달라지나? 그…런 책을 백 권 천 권 읽어도… 안 바뀌는 놈들이 수두룩해…. 그럼 뭐가… 뭐가 진짜 지식의 보고야…. 뭐가 진짜 지혜의 전당이냐고…? 미미는 한 방이 되잖아…. 하나로 된다고…! 그러니 여기가 진짜 책방이 아니고 뭐겠어…?"

"미쳤나, 이 개새끼가!"

책이 할 수 없는 것, 그보다 더한 것을 여기에 모아 놨다는 어불성설. 그는 정신병자가 확실했다. 장도섭의 말이 끝나기가 무섭게 멀리서 보고만 있던 최 팀장의 구둣발이 그의 아구창을 강타했다.

"입 닥치고 좆이나 딱 잡고 있어라. 내가 니 좆을 머리에다 이식해 줄라니까!"

최 팀장은 장도섭의 멱살을 덥석 잡고 머리를 바닥에 찍었다. 쾅! 쾅! 소리가 끊이질 않았고 소리에 맞춰 장도섭의 민머리는 피칠갑이 되어 갔다.

"야, 새꺄, 너 어릴 때 책 안 읽었지? 딱 티나 이 새꺄. 니 논리는 그럴싸해 보여도 가장 중요한 하나가 빠졌어. 그게 뭔지 알아? 이제 내가 가르쳐 줄게! 똑똑히 기억해라."

최 팀장은 장 대표의 멱살을 잡고 마구 흔들었다. 피에 젖은 민머리가 이리저리 흔들렸다.

"필요한 지식 머릿속에 무작정 때려 넣는다고 그게 지혜가 되냐? 병신아. 지혜가 되기는커녕 그대로 사장되어 버릴걸. 왜냐면 지식은 경험이라는 틀 안에 존재해야만 지혜가 되는 거거든. 온몸으로 체득한 경험의 산물이 손에, 발에, 눈과 코와 입과 피부에 달라붙어. 온 신경을 자극하지. 그것들이 뇌 속에 쌓인 지식들과 결합하면 지혜라는 부산물이 분비되는 거야. 결국 어떤 경험을 하느냐가 어떤 지혜를 갖게 되느냐를 결정하는 거다. 그럼 너는? 하는 짓이 개 같은 너한테는 지혜가 쌓일 수가 없다 이 말이야! 알겠어? 이 좆만아!"

숨 막히는 절규는 최 팀장의 입에서 터져 나와 공기 속으로 흩어졌다. 이 말들을 여기 누운 이들이 듣고 있다면 조금이라도 위안이 될까. 이런 생각으로 지언은 최 팀장을 말리지 않았다. 피에 엉킨 장 대표의 절규 또한 이들에게 들려주고 싶었다. 후련하라고, 억울함 조금이나마 풀라고.

최 팀장을 말린 건 이번에도 김 여사였다. 회장 아재가 물었다.

"김 여사, 왜 자꾸 그만하래. 저런 놈은 맞아도 싸지."

"아구, 이 사람이. 어른이 말려야지. 그걸 냅둬유?"

"좀 냅둬 봐. 저, 오 박사는 할 말 없는가?"

오 박사는 다섯 걸음 앞으로 다가와 장 대표 앞에 섰다. 엉망이 된 장도섭의 얼굴을 똑바로 내려다볼 수 있는 위치였다. 가운 주머니에서 그녀는 주사제를 꺼냈다. 내용물이 모두 빠져나간 텅 빈 미미 이식제. 그것을 오 박사는 보란 듯이 흔들었다.

"자, 봐. 아무것도 없어. 이게 다 어디로 갔을까?"

장 대표의 몸이 덜덜덜 떨렸다. 덜덜덜, 덜덜덜.

"왜? 당신 원한 게 이거 아니었어? 성 박사와 똑같이 되고 싶어 했잖아. 이제 똑같이 될 거야. 시간은 좀 필요하겠지만 오래 걸리진 않겠지. 넌 참을성이 없으니까 내가 특별히 더 강력하게 만들었어. 뇌사 추정할 수 있도록 뇌의 신호를 더 무기력하게 했거든. 아마 감옥에서 오래 있지 않아도 될 거야. 아무도 원인을 알지 못하는 뇌사 상태로 발견될 거거든. 어때? 범죄자로 늙어 죽는 것보다 낫지?"

평생을 걸쳐 가장 다시 보고 싶지 않은 물건. 최고의 과학자가 만든 최악의 과오. 그것이 그의 머릿속을 장악해 가고 있다. 장도섭은 눈을 감았다.

"그이… 소원이 뭐였는지 알아? 성 박사 소원은… 농담을 잘하는 노인이 되는 거였어."

뒤돌아서는 오 박사의 어깨는 슬퍼 보였다. 최 팀장이 잡아주지 않았다면, 그녀는 그대로 주저앉아 다시는 일어날 수 없을 것만 같았다.

"이제 어떻게 하실 생각이세요, 팀장님?"

오 박사를 지탱해 주는 최 팀장에게 지언이 물었다. 최 팀장은 지언을 지그시 쳐다보았다.

"이젠 네가 해야지."

그리고 지언의 어깨를 툭 쳤다. 첫날, 편의점에서처럼. 가볍게, 그리고 무겁게.

"쓰레기 치우자고 너 데려왔잖아. 지언, 이제 어떻게 해야 할까?"

순간 지언의 가슴속에서 뜨거운 입김이 올라왔다. 무엇을 해야 할지, 어떻게 하고 싶은지 눈앞에 순식간에 그림이 그려졌다. 지언은 최 팀장의 미소에 미소로 화답하며, 안주머니에서 핸드폰을 꺼내 들었다.

"요즘은 법보다 이게 빠르지. 장 대표 너 빠른 거 좋아하지? 속도로는 이걸 따라갈 수가 없거든."

눈을 떴다. 어둡다. 몸을 제대로 가눌 수 없다. 바닥은 차고 딱딱하다. 지금 입고 있는 파란색 환자복은 보온이 되지 않아 금속 온기가 그대로 전해졌다. 시간이 지나도 여전히 어둡다. 감각은 오로지 후각과 촉각에 의지해야만 했다. 알싸한 수면제 향이 코를 찔렀다. 잠이 온다. 몇 날 며칠을 성 박사의 환영과 씨름할 때 한 주먹씩 삼키던 라제팜(불면증 치료제 중 하나-저자 주)의 잔내가 입에서 맴도는 듯했다. 손을 뻗어 코앞의 벽을 두드려 보았다. 그러나 팔을 자유롭게 움직일 만한 충분한 공간이 없었다. 좁은 공간 속을 가득 메운 적막을 발로 밀어내려 했다. 하지만 발도 움직일 수 없었다. 움직이는 것은 오로지 눈동자, 그리고 숨이 들고 날 때 들썩이는 가슴뿐이었다.

이곳이 비블리오티카 속인가. 사체 보관용 냉장고를 응용하여 만든 노인의 전당. 이것 또한 내가 만든 작품이다. 비블리오티카 안에 물건들을 넣는 것에만 관심 있었지, 실제로 들어와 누워 보리라고는 생각하지 못했다. 여기 누운 노인들, 몸은 가누지 못해도 정신 활동은 그대로라는 미미 부작용 환자들. 무슨 생각을 하며 시간을 보냈을까. 이 좁은 공간에서 무수한 생각의 흐름을 멈추지도 못하고, 내놓지도 못하면서. 너무 좁고 끔찍할 정도로 어둡다. 외롭고 무섭다.

오 박사는, 도진은… 그 일당들은 밖에 있을까. 나만 두고 간 걸까. 무슨 일이 일어날 것은 분명한데 밖은 너무 고요하다. 난 무엇을 만든 걸까. 무엇을 한 걸까, 무엇을… 원한 걸까. 아… 잠이 온다. 생각을 해야 하는데… 내 잘못이 아니라는 걸 증명… 어떻게… 잠이….

⫙⫙ 꼰대책방

유튜브 채널에 한 영상이 뜨자, 조회 수가 순식간에 70만을 돌파했다. '좋아요'와 댓글이 끊임없이 올라왔다. 이 라이브 영상은 라이브 현장 상황이 모두 종료된 후에도 계속 조회되었고, 전 연령층을 아우르는 댓글의 폭격을 받았다. 찬성과 반대 논쟁이 지속되어, '송석희의 백분토론' 논제로 3주간 연속 다뤄지기도 했다.

약 2년간 문을 닫았지만 월 평균 조회 수 1000명 내외로 꾸준히 인기가 있었던 〈꼰대책방〉에 "광기 어린 미메시스 선도자, 그가 만든 대도서관의 정체는?"이라는 제목의 라이브 영상이 떴다. 동굴의 암흑 속으로 끝도 없이 펼쳐진 서늘한 금속의 시체 보관실, 서가라는 이름의 시체 보관실 안에 차곡차곡 쌓인 살아 숨 쉬는 노인들, 머리털이 듬성듬성한 노인들의 두피에 고통을 느낄 수 없을 거라 여기며 태연하게 레이저로 각인해 놓은 청구기호들, 그 청구기호에 담긴 이들의 이름과 이들이 평생 일구어 이룩한 지혜의 기호들이 화면에 펼쳐졌다.

사서는 두려움에 떨며 그녀가 관리하는 '라이브러리 프로그램'의 메인 페이지를 펼쳤다. 검색 창을 통해 세부 페이지로 들어가면, 팔봉요양원 몇 호인지와 침대 넘버가 적혀 있다. 채널 호스트의 목소리가 들린다.

"이건 이분이 언제 대출되었다는 기록이죠. 가족이 언제 다녀갔는가를 의미합니다. 면회에 맞춰 반출되었다가 가족이 돌아가면 다시 서가에 반납되는 것이죠."

세부 페이지 하단에는 '미메시스 정보' 버튼이 있다. 채널 호스트가 클릭해 들어간다.

"이 정보들은 이분의 뇌에 대한 쓰임새를 정리해 놓은 것이네요. 전공이 무엇이며, 경력이 무엇인지, 그리고 죽지 않는 뇌의 영역이 어디인지도 적혀 있네요…."

호스트는 화면을 돌려 어딘가로 향해 걸었다. 뚜벅뚜벅 소리와 함께 여러 명이 모여 있는 장소에 다다랐다. 청년 하나와 중년 남자와 여자 하나, 노인 셋이 있었고, 그들은 모두 한 명을 응시하고 있었다. 피범벅이 되어 바닥에 쓰러져 있는 한 남자를. 흐트러진 환자복에는 핏자국이 굳어 검은 얼룩이 되었고, 허옇게 밀린 민머리에는 끈적끈적한 핏덩어리들이 군데군데 뭉쳐 있다. 호스트는 눈을 뜰 수조차, 입을 벌려 말을 할 수조차 없게 퉁퉁 부은 얼굴을 클로즈업했다.

"미메시스 산업의 창시자이자 과학지식산업의 선두주자, 대한민국의 미래를 이끌 사업가이자 과학자, 장도섭 대표님. 소감 한 말씀 하시겠습니까."

호스트는 그에게 가까이 다가갔다. 콧구멍에서 거친 숨소리와 함께 핏방울이 화면으로 튀었다. 그는 아무 말도 하지 않았다. 화면에 눈을 맞추지 못하는 그의 멱살을 잡으며 호스트가 거칠게 말했다.

"비블리오티카라고 했나요? 고대 알렉산드리아 대도서관이라도 만들고 싶었어요? 불에 타 사라진 고대 지식의 무덤? 여기를 그렇게 만들고 싶었던 거예요? 그럼 이제 이곳이 불 타 없어지는 것을 봐야 겠군요."

마지막까지 얼굴을 비추지 않은 호스트는 그를 시체 보관실에 처 넣으며 말했다.

"너도 같이 가라. 이 씹새끼야."

– 야, 존나 ㅆㅂ, 우리 할아버지도 매종에 있는데!

– 정부는 뭐 하냐, 저런 새끼 안 쳐 죽이고!

– 정부도 한통속이라던데? 매종 프로젝트 관계자들 전부 다 싸그리 잡아넣어라~~

– 우리가 감시해야죠. 썩은 대가리들 싹 다 찾아냅시다!

– 우리 할머니 머리통에 레이저 쏜 색기들 가만 안 둔다.

– 우리도 늙으면 저렇게 만든다는 거였잖아요. 정말 끔찍해요.

〈꼰대책방〉의 구독자 수는 기하급수적으로 늘어나서 구독자 320만인 인기 유튜버 '히팝'을 근소한 차이로 추격하고 있다. 호스트에 대한 팬 층도 두터워졌다. 3년 전부터 구독했다는 오리지널 꼰책의 구독자들은 꼰사모를 결성하기도 했다. 게다가 화면에 잠깐 비쳤던 6인의 청년-중년-노년 멤버들에 대한 궁금증도 끊이지 않아, 그들의 신상 정보 및 미담 등이 연일 온라인상에서 회자되었다.

이 방에서 유일하게 깨끗한 벽면은 벽돌로 꾸며져 있다. 지언은 그 앞에 기다란 테이블을 놓았다. 테이블 앞에 세워 둔 카메라와 모니터 장비는 큰 맘 먹고 지언이 산 것이고, 그 반대쪽에 서서 지언을 비추고 있는 조명 기기는 최 팀장이 투척한 것이다. 제대로 해 보라나 뭐라나. "나는 열심히 제자리로 되돌려 놓을 테니, 너는 열심히 쓸어 담아라" 비슷한 말을 했던 것 같다.

지난 영상 이후 후폭풍은 대단했다. 비블리오티카의 수많은 노인들과 함께 발견된 장도섭은 법원 출석날, 이런 질문을 받았다.

"당신은 늙지 않을 거라 생각했나요?"

장도섭은 이 질문에 대답은 하지 않고, 기자를 오랫동안 째려보았다. 이 '짤'은 온라인을 핫하게 달궜다. 위트 있는 논객은 째려보는 장도섭의 표정과 엄마에게 투정을 부리는 어린아이의 표정을 비교하며 '왜 자라지를 않니-모자란 것보다 무서운 덜 자란 어른'이라는 제목을 붙여 놓았다.

뉴스에서는 연일, 팔봉요양원과 매종의 실체인 산속 도서관을 파 헤쳤다. 그곳에 보관되어 있던 노인들은 모두 가족의 품에 돌아갔 다. 물론 가족이 찾으러 오지 않은 경우도 있었다. 정부는 이들을 끝 까지 책임지겠다는 성명을 발표했지만 아무도 믿지 않았다. 매종에 관계된 보건복지부 관계자들과 미메시스 연구소 임원들, 영원산업 사장 등도 모두 검찰 조사를 받게 되었다. 한강호 회장을 비롯해 많 은 정재계 인사들이 미미 커밍아웃을 하며, 미미 제거제와 신종 파 킨슨병 치료제를 공식 요청하기도 했다.

김금희 부소장은 장 대표의 강요와 협박이 있었다며 피해자 코스 프레를 하다가 그것도 안 되었는지 성폭력을 동반한 강압이 있었다 고 주장했다. 영원산업 사장은 주문받은 대로만 납품했을 뿐 아무것 도 몰랐다면서 억울함을 호소했다. 이들의 말에도 일리가 있다는 일 부 여론도 있었지만, "모르고 한 나쁜 짓"이 제일 큰 죄라는 한 논객 의 주장에 동정 여론은 힘을 발휘하지 못했다.

모르고 한 나쁜 짓. 이 말에 지언도 가슴이 짓눌렸다. 나쁜 방향으 로 가고 있다는 것을 매일매일은 느끼지 못한다. 아무도 그럴 정도 로 민감하게 남 일에 관심을 가지지 않는다. 하루를 살아 내기 바쁜 현대인은 지금 여기, 현재에 충실할 뿐이고 하루라는 짧은 시간은 내 삶을 돌아보기에도 부족해서 남들의 이야기가 부당한지 정당한 지 관심을 가질 틈이 없다. 사회가 어떻게 돌아가는지에 대한 호기 심은 오늘의 뉴스를 들으며 쯧쯧 내뱉는 두 글자로 충분할 정도다.

하지만 내가 모르고 지나쳤던 시간들이 모여 과거라는 큰 덩어리의 역사가 되면, 그건 이야기가 다르다. 뒤돌아 과거를 되짚어 보면 모르고 지나가기엔 너무나 극명한 역사의 오류가 보이는 법이다. 잘못 들어선 물줄기에 오염수가 섞이고 쓰레기들이 뒤엉켜, 지나칠 수 없는 악취가 코를 찌르는 법이다. 그런데도 그걸 모른다고 할 수 있을까.

지언은 이제 외면하지 않기로 했다. 그래서 다시 〈꼰대책방〉의 문을 열었다. 제대로 채널을 운영해 보기로 마음먹은 것이다. 덜 자란 어른이 되지 않기 위해서, 현재에 충실한 삶이 남긴 과거의 오점을 마땅히 책임지는 어른이 되기 위해서.

그리고 오늘은 어제 담아 온 영상을 〈꼰대책방〉 채널에 업로드하려고 한다. 이번 방송은 책임을 다하는 어른으로서의 첫걸음이기도 하지만, 또한 이번 사건에 직격탄을 맞은 선배에 대한 위로이기도 하다. 지언은 라이브 영상을 ON으로 켜 두고, 멘트를 시작했다.

"안녕하세요! 구독자 여러분. 〈꼰대책방〉의 심지 굳은 주인장, 심지언입니다. 오늘은 어제 다녀온 현장의 이야기를 전해 드리려고 하는데요, 바로 미메시스의 개발자이자 미메시스 부작용 치료제의 개발자인 뇌신경과학자 성중철 교수의 장례식입니다."

화면은 지언이 직접 촬영한 성 박사의 장례식장의 모습으로 바뀌었다. 하지만 장례식과 어울리지 않는 그림이 펼쳐졌다. 깜깜한 밤하늘과 카메라 불빛이 간간이 비추이는 넓은 들판. 이곳은 성 박사가 아들 도진과 즐겨 찾았던 별자리 관전 스폿이라고 했다. 도진의 생일날마다 두꺼운 옷과 값싼 천체 망원경을 들고 와 도란도란 별자리를 보고, 1인용 텐트에 둘이 꼭 안고 잠들던 곳. 아버지의 마지막을 별들의 축복으로 떠나 보내고 싶은 아들의 마음을 아는 듯, 하늘에서 별들이 쏟아져 내렸다.

조문객은 단출했다. 두 아재와 최 팀장, 조 복지사, 지언과 김 여사뿐이었다. 유리관 안에는 성중철 박사가 반듯이 누워 있었다. 뇌를 잃었던 그는, 질소 탱크에 냉동된 채 비블리오티카 특별 관리실에서 발견되었지만 다시 뇌를 이식받은 후에도 살아나지 못했다. 다시 제자리로 돌아간 성 박사의 뇌는 살아 있는 것처럼 빨갛고 윤기 있어 보였지만 그의 몸이 더 이상 뇌를 받아들이지 못했다. 도진은 성 박사를 되살리는 걸 그만두었다. 그 대신 편안하게 보내는 것을 택했다. 그의 몸은 너무 많은 것을 빼앗겼다. 근육의 퇴화와 피부의 노화만이 그를 늙게 한 것이 아니었다. 과학에 대한 세상의 맹신이, 믿었던 한 인간의 어긋난 욕심이 그의 몸을 더 이상 움직이지 못하게 만들었다.

지언은 도진과 성 박사의 이야기를 세상 모두가 알기를 바랐다. 도진 또한 지언의 의도에 기꺼이 동의해 주었다. 하지만 어제의 이야기를 채널에 내보내며, 지언은 화면에 담지 못한 이야기들이 더 있음을 상기했다. 감정이 격해진 지언의 손이 떨려 더 이상 찍지 못했던 이유도 있었지만, 어느 순간 이 의식은 한 사람의 죽음을 추모

하는 자리가 아니라 미메시스 산업의 재료가 된, 그리고 고령화 사회의 주인공이자 피해자가 된 '어른들'을 위로하는 자리라 여겨졌다. 이 작은 영상에 담기 힘든 거대한 통곡과 쓸쓸한 웃음이 들리는 것만 같았다.

도진은 마지막으로, 아버지가 좋아했다는 시를 낭송했다.

한때는 그렇게 밝았던 빛이
지금 시야에서 영원히 사라진다 해도 어떠랴

비록 초원의 광채도 꽃의 영광의 시간도
그 어느 것도 되돌릴 수 없지만

우리는 슬퍼하지 않고
오히려 남아 있는 것들의 힘을 찾아낼 것이다

지금도, 앞으로도 존재할
태곳적의 공감에서

인간의 고통에서 나온
따뜻한 위로의 생각에서

죽음을 꿰뚫어보는 신념 속에서

지혜로움을 가져다주는 세월 속에서

(윌리엄 워즈워스의 시 '초원의 빛')

오랜만에 지언과 도진이 만나기로 한 날이다. '서로함께'에서 '꼰
대책방'으로 헌책방 이름을 바꾼 후 송가 아재와 회장 아재는 정신
없이 바쁘다. 조 복지사와 김 여사도 요양원 일을 그만두고 이곳 일
을 돕고 있다. 도진은 장례식을 마친 후에도 한참 동안 집 밖으로 나
오지 않았다. 거기에는 오 박사의 잠적도 한몫했다.

"선배, 박사님 연락은 왔어요?"

"아니."

조심스럽게 물은 지언의 질문에 도진은 대수롭지 않게 대답했다.
"곧 올 거야"라고 들리는 듯했다. 오 박사는 비블리오티카 사건의 참
고인 조사를 마치던 날 종적을 감췄다. 언론은 오 박사를 끈질기게
찾아다녔지만 도진은 찾지 않았다. 하지만 전처럼 초조해하지는 않
는 모습이었다. 지언은 그가 오 박사의 행적을 알고 있다고 느껴 왔
다. 도진이 얼핏 흘린 말에서 오 박사의 안부를 충분히 짐작할 수 있
었기 때문이다.

"냉동 탱크에서 아버지를 만났을 때… 어머니는 외투를 벗고 홑겹
으로 아버지 옆에 누웠어. 살을 맞대고 한참을 계셨지. 한참을. 나는
그때 생각했어. 어머니는… 절대로 도망가실 분이 아니야. 지금쯤

어디선가 아버지와 한 약속을 지키고 있겠지. 아마도, 어디선가."

　광화문 광장은 여전히 사람들로 붐볐다. 하지만 제노빌딩 창가에서 바라보던 이제까지의 광장과는 사뭇 다른 느낌이었다. 개인의 의견만이 난무하던 공간, 오로지 대립과 대치만이 존재했던 공간이었지만 오늘의 광장은 그 대립이 조금은 공존하는 느낌이었다. 각자의 주장만 둥둥 떠다니는 광장에서, 상대의 의견에 열린 귀도 살짝 드러나는 광장으로 조금은 변해 가고 있었다.

　서울시는 장 대표 사건 후, 〈꼰대책방〉 호스트인 지언에게 연락을 해 왔다. 폐쇄되었던 연합 헌책방 '서로함께'를 부활시키고 싶다며 그것을 맡아 달라고 부탁했다. 서울시의 지원금을 받아 공간을 재정비하고, 숨어 있던 책들을 찾아내 공간을 채웠다. '잃어버린 책을 찾습니다'는 광고를 보고는 다락방에 보관해 둔 책들을 꾸러미로 기증하는 사람들도 줄줄이 이어졌다. 광화문 광장의 지하는 활기가 넘쳤다. 과학의 집요함에도 절대 그 실체를 드러내지 않지만 인간 삶의 방향을 이끌어가는 '지혜'처럼, 지하 헌책방은 그 위에 있는 광장에 숨을 불어넣고 있는 것이다. 그 기운은 광장의 공감을 끌어내고, 광장의 교류를 자극할 것이며 나아가 시대의 흐름과 세대의 방향성에 깊은 영향을 미칠 것이다. 천천히, 그러나 분명 옳은 방향으로.

　둘은 세종대왕 동상 뒤편에 난 작은 문을 열고 들어갔다. '서울시

와 함께하는 꼰대책방'이라는 간판을 보고 도진은 지언에게 동영상으로 기록하라고 종용했지만, 지언은 "오늘은 유튜버가 아니라, 헌책방 심씨 아들로 온 거"라고 했다.

"헤이! 꼰대들!"

두 청년들을 꼰대라 칭할 수 있는 유일한 사람, 최 팀장이 부르는 소리다. 아니, 이제는 최 대표지.

"회사는 어쩌고 왜 여기 더 계시는 거예요? 대표가 그래도 돼요?"

"허허. 나 없어도 잘 돌아가. 매출이 아주 그냥… 연일 최고 갱신이야. 세상에, 이렇게 서점을 그리워하는 사람이 많을 줄은 몰랐네."

최 대표는 책을 중심으로 하는 지식문화산업을 되돌리자는 '백투더북처'를 주창하고, 비영리재단도 설립했다. 광화문 1번지 제노빌딩 전면에는 지금 이런 현수막이 달려있다.

지금 살아 있는 사람과 옛날 사람이 만나는 곳

인생이 막 시작되는 사람과 오랜 인생을 살아온 사람이 모이는 곳

(요스타케 신스케의 『있으려나 서점』에서 인용함)

인생을 본격적으로 시작하는 두 청년은 오프라인 〈꼰대책방〉을 찬찬히 둘러본다.

최 대표 뒤로, 종종걸음으로 달려오는 두 사람이 보인다. 묵묵히 오 박사를 뒷받침해 주었던 조 복지사, 그리고 지언과 아버지, 천국

헌책방의 뒤를 살펴준 엄마가 두 사람을 반갑게 맞았다. 두 사람은 여기서 '미미 제거 서비스'를 운영 중이다. 물론 최 대표가 모든 기술적인 지원과 비용을 제공했다.

"두 분이 천직을 찾으셨대. 사람들 제정신 돌려주는 일이 아주 재미지시단다!"

최 대표 말대로, 두 사람은 완벽한 꿍짝 조합이었다. 엄마는 미미를 제거하고 더 잘 살고 있다는 편지를 하루에 두세 통씩 받았다. 죽기 직전에 적성에 맞는 일을 찾았다며 의욕을 불태우고 있었다.

조금 더 걸어가다 보니 '천천히 걷기'라고 쓰인 팻말이 보이고 그 앞으로 청년들이 줄지어 서 있었다.

"대표님, 저긴 뭐예요?"

"아, 회장 아재가 운영하는 프로그램이야. 한번 해 봐. 아주 인기 폭발이야."

"뭐 하는 건데요? 고민 상담해 주는 거예요? 청년들이 고민 얘기하면 아재 잔소리 늘어놓는?"

최 대표는 크크크 웃기만 할 뿐 다른 정보를 주지는 않았다. 회장 아재도 만날 겸 긴 줄의 끝에 섰다. 차례가 되니 운영 직원이 VR 헤드셋을 건네주었다.

헤드셋을 쓰고 안으로 걸어 들어가자 눈앞에 펼쳐진 것은 시원시원하게 뻗은 대나무 숲이었다. 옆을 보니 회장 아재가 함께 걷고 있었다. 한 발짝, 아니 반 발짝 정도 뒤에서 뒷짐을 지고 묵묵히 걷고 있었다. 왜 왔나, 고민이 뭔가, 같은 뻔한 질문은 하지 않았다. 아무 말도 하지 않고 그저 뒤에서 같이 걸어 주는 것이었다.

새소리가 들렸다. 바람도 시원하고, 대나무 숲 사이로 간간이 비추는 햇살은 따뜻했다.

"저 끝엔 뭐가 있어요?"

청년은 물었다. 오래된 음성이 들렸다.

"자네 발밑엔 뭐가 있나?"

대화는 그것으로 끝이었다. 한참을 걷고 난 청년들은 프로그램 출구를 나오며 모두 고개를 숙여 자신의 발을 들여다보았다. 발을 텅텅 딛어 보고, 손을 이리저리 뒤집어 가며 바라본다. 지금 청년은 무엇을 느낀 것일까? 지금 딛고 서 있는 현재, 그리고 현재를 지탱해서 있는 자기 자신.

송가 아재는 헌책 수리 코너를 운영했다. 그쪽도 '천천히 걷기' 코너 못지않게 많은 사람들로 붐볐다. 어릴 때 엄마가 읽어 주던 그림책을 간직해 온 두 아이의 엄마, 고등학생 때 권장 도서가 아닌 탓에 몰래 숨겨 놓고 읽어서 너덜해진 시집을 가져온 중년 남자는 기다리는 중에도 시집의 한 장 한 장을 아껴 읽었다. 송가 아재의 책 고치는 솜씨는 놀라웠고, 20분 만에 새 책으로 거듭난 보물을 안고 떠나는 사람들의 표정에는 아련한 안도감이 비쳤다. 비록 책 한 권이지만, 그럼에도 불구하고 이들의 손에는 현재의 자신을 이룬 작은 과거 한 쪽이 되돌아온 것이다.

"송가 아재가 부쩍 젊어지셨지?"

바쁜 송가 아재에게 눈인사만 하고 지언은 사람이 적은 안쪽에서 아버지의 '천국헌책방' 푯말을 마주했다. 아버지의 책들이 여전히 지언을 기다리고 있었다. 일부는 내 학비가 되고, 내 용돈이 된 아버지의 일, 아버지의 책. 그리고 아버지의 사명감. 평생의 짐이자 평생의 벗. 아버지의 헌 인생과 닮은 헌책들….

지언은 아버지의 헌책을 하나씩 꺼내어 펼쳐 보았다. 오랜 시간에 짓눌려 덩어리진 종이들은 차라락 펼쳐지는 대신 숭덩숭덩 넘어갔다. 흐르는 듯 살라던 아버지의 말대로 마냥 흐르지만은 않는 인생의 페이지들이 숭덩숭덩 펼쳐진다. 귀에 딱지가 앉도록 들었던 꼰대의 잔소리들이 페이지 사이 책갈피가 되어 지언 앞에 나타났다가 또 숨어들었다.

〈끝〉

⫸ 감히, 작가의 말이라니
감히, 감사의 말이라도

감히 말입니다.

책을 서른 후반에나 읽기 시작한 제가 '책'에 대해 이야기하고, 누가 봐도 아줌마지만 어른스럽지는 못한 제가 '어른'에 대한 글을 쓰다니요.

하지만 감사하게도 어느 날 이야기가 저를 찾아왔습니다. 마치 두 아이가 찾아와 저를 엄마로 만들어 주었듯 『꼰대책방』은 뜬금없이 찾아와 저를 작가 지망생으로 만들어 주었어요.

『꼰대책방』은 3년 전 두 아이로부터 시작되었습니다.

저와 남편을 복제한 듯 태어난 두 아이를 키우며 유전자의 힘이 궁금해졌고, 리처드 도킨스의 『이기적 유전자』를 읽으며 '밈'을 기반으로 한 『꼰대책방』의 세계관이 시작되었습니다.

기질적으로 완전히 다른 저의 두 아이는 심지언과 성도진으로 태어났고, 책이 사라지고 미미가 지배하는 미래에서 두 아이가 펼치는 이야기를 상상하면서 아이들을 재우거나 가사 노동을 해야 하는 지루한 시간들을 버텼습니다. 하지만 이 세계관과 인물들은 제 머릿속을 허망하게 떠돌 뿐 밖으로 꺼낼 엄두조차 내지 못했지요.

　그렇게 1년 이상 갇혀 있던 이야기를 세상에 꺼낸 것은 바로, 엄마의 힘이었습니다. 네이버 카페 〈엄마의 꿈방〉 소설 쓰기 스터디 '소설 쓰고 있네'에 참여하며 함께 '쓰는' 엄마들의 에너지 속에서 저는 쓸 수 있다는 자신감을 얻었고 엄마들의 응원과 칭찬으로 『꼰대책방』은 세상 밖으로 나오게 되었습니다.

　그대들이 없었다면 『꼰대책방』은 세상에 나오지 못했습니다. 〈엄마의 꿈방〉 한혜진 작가님, 서주희 소쓰 수장님 그리고 함께하는 모든 꿈디님들 감사합니다. 한참 부족한 『꼰대책방』을 세상과 만나게 해 준 것도 모자라, 더 많은 기회를 열어 주려 애써 주신 구픽 김지아 대표님, 감사합니다. 솔직한 평가 속에 담긴 애정이 얼마나 큰지 알아. 사랑하는 친구 최아네스, 미안하고 고맙다. 멋진 이름 빌려 주고 약한 마음 챙겨 준 조현진 사회복지사님, 고맙습니다.

　글을 쓰게 하는 원동력이자 진득하게 쓰지는 못하게 하는 엄마 시간 도둑들, 태현아, 소현아. 엄마가 꿈을 꿀 수 있게 해 줘서 고마워. 고마운 이름들이 너무 많은데 그러면 왠지 연말 연기대상 같아서, 우린 책 들고 따로 만나요.

어디 내보이기가 한참 부족하게 느껴집니다. 그렇지만 감히 용기 내봅니다. 누가 이름만 불러도 가슴이 쪼그라드는 사람이지만 어떤 조언도 달게 듣겠습니다. 키는 열한 살에 멈췄지만, 마흔 중반에도 성장하고 싶기 때문입니다.

늦게 시작해서도 천천히 가는 방법밖에 모르겠습니다. 지금처럼 엄마에 충실하며 매일 조금씩 쓰고 매일 조금씩 나아질게요.

2020년 가을

오승현 드림

도움받은 책들

리처드 도킨스, 『이기적 유전자』, 을유문화사, 2010

승현준, 『커넥톰, 뇌의 지도』, 김영사, 2014

강동화, 『나쁜 뇌를 써라』, 위즈덤하우스, 2011

이대열, 『지능의 탄생』, 바다출판사, 2017

데이비드 베인브릿지, 『중년의 발견』, 청림출판, 2013

고미숙 정희진 외, 『나이듦 수업』, 서해문집, 2016

아카기 도모히로, 아마미야 가린 외, 『98%의 미래, 중년파산』, 위즈덤하우스, 2016

정철, 『꼰대 김철수』, 허밍버드, 2017

요스타케 신스케, 『있으려나 서점』, 온다, 2019

꼰대책방

1판 1쇄 인쇄 2020년 10월 23일
1판 1쇄 발행 2020년 10월 30일

지은이 오승현

발행인 김지아
표지 및 본문 디자인 Miso

펴낸곳 구픽
출판등록 2015년 7월 1일 제2015-27호
주소 서울시 광진구 동일로 459, 1102호
전화 02-491-0121
팩스 02-6919-1351
이메일 guzma@naver.com
홈페이지 www.gufic.co.kr

© 오승현, 2020

ISBN 979-11-87886-54-9 03810